GAIOLA DE ESPERAR TEMPESTADES

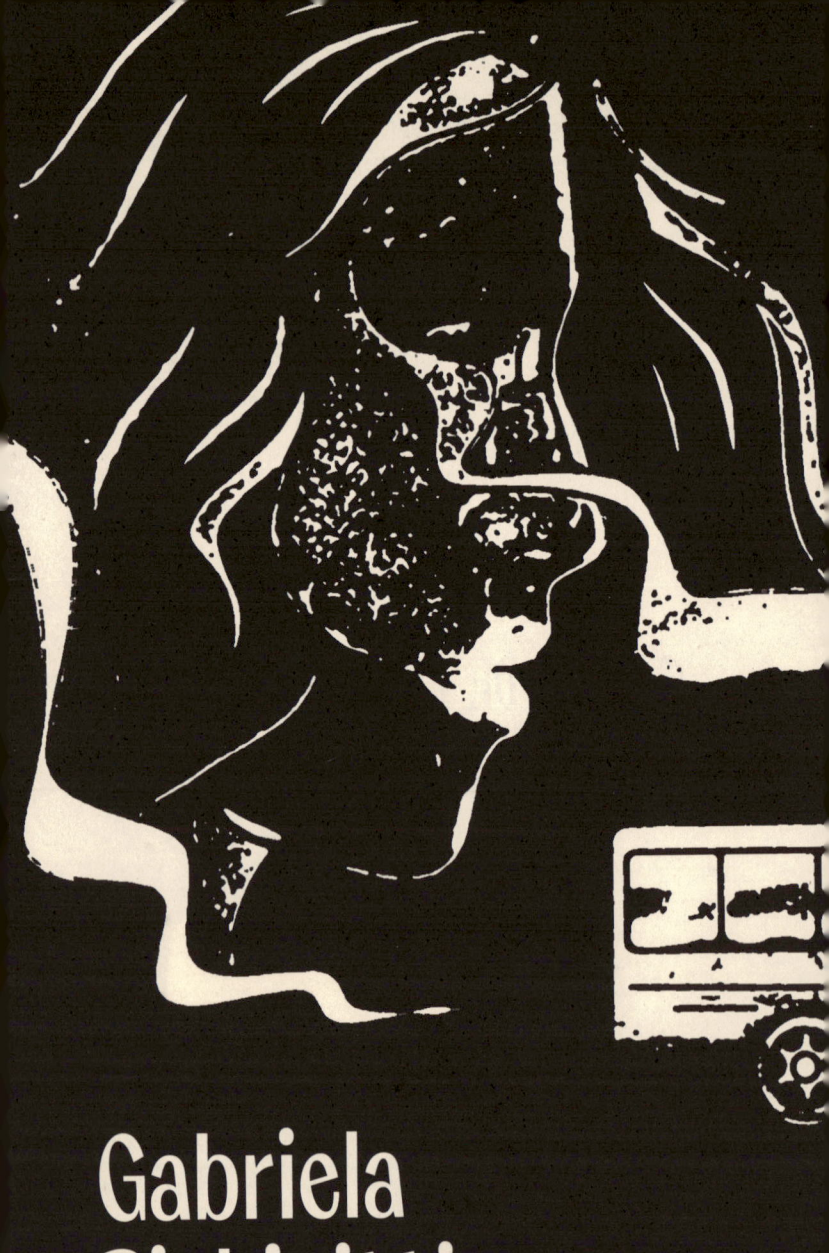

Gabriela Richinitti

GAIOLA DE ESPERAR TEMPESTADES

2ª IMPRESSÃO

PORTO ALEGRE SÃO PAULO • 2024

1.

Naquela última viagem, estranhei a ausência de estrelas. Os faróis revelavam trechos da estrada, às vezes a carcaça de um bicho atropelado ou pedaços de pneus que, depois de duas ou três recapagens, esfarelavam contra o asfalto. Dentro do ônibus, atravessando a noite, estávamos eu, Leona, o motorista e o homem que morreria.

Aconteceu no final de 1991. Papai Noel já estampava os rótulos da Coca-Cola. A utopia socialista se estilhaçava nas páginas dos jornais. A independência do Uzbequistão, da Macedônia, da Bielorrússia, da Armênia, da Moldávia, dos meus vinte e dois anos. Meu retrato de toga e capelo ainda deve estar pendurado em alguma parede na Egrégia Faculdade de Direito, junto aos formandos do ano de 1992. Nunca fui conferir se os responsáveis pelo mural escreveram meu nome franco-alemão — Charlotte Vogt — com todas as consoantes que lhe são devidas.

Também não me lembro de ter pensado que eu estava testemunhando a mudança substancial da vida como então a conhecíamos. Durante a faculdade, enquanto passava pelas bancas de revista com a mochila enganchada às costas, quase sempre atrasada para alguma aula, o espírito da época me contaminava pelo gargalo da Soda Limonada e pelos fones do meu velho walkman. Guardo algumas fotografias daqueles anos, registros esparsos de prédios, objetos, eventos e paisagens nos quais quase nunca apareço. Cada captura da Kodak era irreversível.

Talvez por nunca ter prestado atenção ao que acontecia ao meu redor, me adaptei muito bem a todas as transformações: não sondei o primeiro fio branco de cabelo e me consolidei no escritório de advocacia onde atuo, contribuindo para que empresários ricos surrupiem direitos trabalhistas mínimos, à revelia da legislação em vigor, e servindo como uma espécie de referência em matéria de tecnologia. Da operação dos aparelhos de fax à atual habilidade de levar adiante uma videoconferência com um cliente de São Paulo ou da Bahia, passei a ser admirada pelos velhos advogados, que romantizavam as máquinas de escrever apenas porque conseguiam dominá-las. Ao longo das décadas, alguns estagiários desafiaram meu posto, mas eles vão embora ao final de um ou dois anos. Contra as forças do tempo que transfiguram o mundo, os lugares e as pessoas, conservo minha vocação à permanência.

Hoje pela manhã, no elevador, discuti com uma vizinha as possibilidades do apocalipse. Ela morre de medo da Robô Sophia, assistiu um vídeo no qual a simpática humanoide comunica ao mundo que nos destruirá. Eu continuo apegada aos vírus mutantes e às armas de abrangência planetária. Na verdade, sempre imaginei o fim do mundo como um vento azulado que sopra mais devagar do que a velocidade da informação, de modo que as partes do planeta ainda não varridas agonizam por horas, dias ou anos até sua chegada. As notícias conseguem espalhar o medo, mas não previnem a catástrofe. No instante derradeiro, os mais bravos estarão amontoados dentro da última área intacta, e eu não me encontrarei entre eles — aguardarei o vento azul à janela do meu quarto, analisando de cima o tumulto da rua. Torço para que a coisa toda vire um grande tumulto. Espero que meus vizinhos não insistam em retiradas fleumáticas nem descubram a misantropia que lhes falta às tardes de domingo, quando entoam hinos selvagens em louvor aos seus times de futebol.

Ninguém acredita na viabilidade da Terra; no máximo, os utopistas creem em meios de evacuá-la. Eu acordo todos os dias com a impressão de que vivo o epicentro da história humana, mas é possível que seja apenas um delírio de vaidade. Talvez os operários da Revolução Industrial tivessem menos tempo para refletir sobre as transformações que presenciavam, pois aquelas máquinas ainda precisavam deles, e do trabalho atento dependiam coisas tão importantes quanto seus dedos. Entre petições, leis, súmulas, jurisprudências, cafés extraídos de pequenas cápsulas metálicas e notícias que pululam em pop-ups no canto da tela do computador — bombardeios de cidades ucranianas, varíola dos macacos, a morte da rainha Elizabeth II —, pesquiso diagnósticos que associam minhas dores inespecíficas a doenças raras, um enleio entre a pulsão de morte e o desejo de não padecer de uma existência ordinária, desprovida de fatos notáveis.

Quanto a 1991, não foi um ano bissexto nem consumou nenhum dos presságios de Nostradamus, embora a essa última afirmação não se alinhem os entusiastas do profeta, que, em uma das suas quadras, diz que *um dia, serão amigos os dois grandes chefes*, prenunciando a queda da União Soviética. Me parece — e assim parece aos céticos — que tais previsões são interpretadas sempre à luz de fatos consumados, nunca antes. Em 1991, talvez eu acompanhasse o desmembramento da União Soviética pela televisão enquanto descascava o esmalte das unhas, bocejando o cansaço universitário, pensando no cardápio do almoço. Ainda hoje, a escolha entre guisado e almôndega me preocupa mais do que a violência urbana ou as guerras no Oriente, sobretudo se estou com fome — e os noticiários passam na hora das refeições, daí as epidemias de gastrite. Egoísmos dessa natureza sucedem a cada ser humano, por mais que nos custe admitir.

A única angústia que partilhei com a humanidade no primeiro ano daquela década foi a morte de Freddie Mercury, no dia 24 de novembro. Leona me ensinou a gostar de Queen: gravou as músicas numa fita cassete, um tipo de mídia que, mesmo na época, já sinalizava estar em declínio. Ao vivo do Rock in Rio de 1985, a voz de Freddie eclodia do corpo magro, ressoando nas costelas, se expandindo por centenas de milhares de gargantas. Uma potência vocal que até hoje é capaz de distribuir descargas elétricas pelas minhas células.

Porém, mais do que a morte de Freddie, mais do que a independência da Bielorrússia, mais do que a segunda edição do Rock in Rio, Leona foi o grande acontecimento de 1991. Minha formatura ocorreria no ano seguinte, e o que fazer da minha vida depois de formada me inquietava menos do que o fim das nossas viagens. Toda sexta-feira, à meia-noite, eu e Leona pegávamos o mesmo ônibus de volta para o interior. As cidades onde viviam nossas famílias eram vizinhas; ela descia no minúsculo distrito de Mariante e eu, meia hora depois, em Venâncio Aires. O horário pouco requisitado devia ter algum sentido logístico para a empresa que operava a linha, pois começou a ser oferecido naquele ano e deixou de existir no ano seguinte, como se, de alguma forma, dependesse apenas de nós.

Leona cursava jornalismo em outro campus da mesma universidade. Cada uma saía da sua aula noturna e se dirigia à rodoviária, onde passamos a nos encontrar toda sexta-feira. Eu tinha tempo de comer alguma coisa nas lanchonetes do Centro e, às vezes, de tomar uma cerveja com os colegas de curso, tão ansiosa para encontrar Leona que mal conseguia participar das conversas. Nunca falei dela para ninguém. Não me importava de permanecer muda, desorientada em meio aos assuntos, esboçando sorrisos fora de contexto a cada dez minutos.

Era uma viagem apenas de ida. Jamais voltamos juntas a Porto Alegre. Sempre que eu sugeria algo do tipo, Leona se desvencilhava da proposta com desculpas variadas. Da primeira vez, me disse que não retornava aos domingos, pois tinha livre o começo da semana. Fez alguma piada sobre a Faculdade de Direito ser uma extensão do colégio, com todas as aulas ministradas de segunda a sexta-feira em um único turno, enquanto nos demais cursos as cadeiras se distribuíam em diferentes dias, horários e endereços. Em outra ocasião, deu a entender que conseguia carona para a volta, mas não me disse com quem. Algum tempo depois, pareceu se esquecer do que havia me dito, e a razão para não voltarmos juntas passou a ser que não suportava os domingos, a atmosfera indolente que os envolvia, o sentimento febril que nela suscitava. Usava-os para atividades solitárias: leituras, caminhadas, idas ao cinema. Evitava a todo custo interações sociais. Não procurei confrontá-la, embora fosse evidente que, se frequentava cinemas aos domingos, precisava estar na capital. Muitas vezes as contradições de Leona me paralisavam, como se derivassem não de mentiras deliberadas, mas da minha incapacidade de compreendê-la, de decodificar os significados volúveis da sua linguagem.

O fato é que os breves momentos ao lado dela me resgatavam do torpor, instigavam uma vontade inédita de encontrar as palavras certas para que as conversas quebrassem a superfície da trivialidade e avançassem em direção aos nossos íntimos, aos mistérios de Leona, aos meus desejos confusos que se traduziam na ânsia de transpor, num cruzar desajeitado de pernas, os centímetros que separavam minhas coxas das dela. Ao longo das nossas viagens, fui reduzindo cada vez mais minha existência àquelas noites de sexta-feira, às horas que transcorriam entre o instante em que a encontrava na plataforma e o desolador momento em que ela desembarcava, um pouco antes das duas horas da madrugada, num terminal situado à beira daquele vilarejo paupérrimo e soturno. O distrito de Mariante não passava de uma estradinha de chão batido margeada por casebres de madeira que mais pareciam estrebarias.

Apesar de viver tão à deriva naqueles anos, eu tinha uma vaga consciência da precária felicidade que havia construído — e antecipava o vazio em que mergulharia quando as viagens acabassem. Pensava em meios de mantê-la por perto, quem sabe tomando o mesmo ônibus na mesma hora para o resto da vida. Seria um artifício constrangedor, como uma juventude estendida à força sobre um corpo que já envelheceu. Se a convidasse para a minha formatura no ano seguinte, o pacto se romperia. Ela se tornaria uma dessas pessoas comuns que atravessam nossas existências e depois se distanciam, casam, têm filhos, doenças, envelhecem e nos rendem um velório enfadonho numa tarde em que preferiríamos ficar em casa. Eu a apresentaria aos meus amigos, talvez contasse uma história curiosa sobre a forma como nos conhecemos. Ela deixaria de pertencer ao minúsculo universo das coisas extraordinárias. Sempre achei que, depois da amputação da cauda, quando a Pequena Sereia ganhou pernas, o príncipe deixou de amá-la. Como os homens devem deixar de amar as prostitutas que resgatam das ruas. Como as prostitutas devem odiar os antigos clientes quando precisam lavar suas cuecas. As coisas perdem força quando ganham espaço, é uma lei da física. Naquela noite de céu limpo, durante nossa última viagem, Leona me afastou duas vezes do seu ombro, se ergueu do banco e olhou para a frente, em direção ao homem que morreria. Não sei o que viu. Sem dizer nada, ela me reacomodou junto de si, passando os dedos através dos meus cabelos, como costumava fazer.

2.

Arrasto Freddie Mercury pelas ruas de Porto Alegre no aparelhinho nano que cabe dentro do bolso do meu jeans — uma tecnologia já ultrapassada que, tendo chegado ao ideal da função, passou a involuir. A pura recusa da estabilidade. Acho que nunca chegará o dia em que olharemos por um longo tempo para qualquer coisa e diremos: está bom. Assim está bom. Podemos parar.

Os fones de ouvido vedam os sons prosaicos da manhã de domingo, me fazendo prestar mais atenção a detalhes, gestos e cores. O feirante embala três caquis num saco plástico enquanto ri da piada de um colega, expondo as restaurações metálicas nos dentes molares e o fundo encarnado da garganta. Quando engancho a sacola nos dedos, acho estranho não ouvir os ruídos do plástico. Por isso, pauso a música, deixando o refrão de *Somebody to love* suspenso, prestes a escorrer pelo meu canal auditivo. Na banca seguinte, estendo um molho de couves em direção a uma mulher muito gorda e vermelha que deve se chamar Bertha ou Frida. Ela diz *três reais* com um ódio que atribuo à sua infelicidade. Aguardo meu troco e lamento o destino das couves, que serão fulminadas pela potência da minha nova geladeira.

Não permito que Freddie continue sua canção. Enrolo os fones num emaranhado e enfio tudo no bolso de trás. Odeio qualquer coisa pendurada em mim: bolsas, colares, sutiãs, pochetes, crianças.

Caminho no contrafluxo da multidão, com medo de enlouquecer e dar um pontapé no focinho dos yorkshires. Talvez a vizinha do elevador tenha razão em temer a Robô Sophia: somos horríveis quando assumimos o papel criativo de deus. Não conseguimos aperfeiçoar de verdade as coisas. A busca pelo cachorro perfeito deu errado. Todos os yorkshires deram errado. Um poodle revira as órbitas azuis quando esbarra nas minhas canelas; seus olhos transidos de medo e catarata não percebem nada. Tudo falha ao meu redor. O sol sanfona o cenho dos passantes, mesmo nas criancinhas vejo rugas que germinam. Então enxergo Leona.

No instante em que a descubro, sei que não passa de uma miragem em meio à multidão. É uma garota que lembra Leona nos trejeitos, na altura, nas sutilezas: as barras rasgadas das calças, os cabelos cheios e negros, o corpo esguio e felino. Sei que não é Leona, pois Leona hoje tem minha idade ou está morta, o tempo implacável também agiu sobre ela, e a garota que vejo é apenas uma jovem comprando anéis de uma mulher indígena. Há algo específico sobre seu quadril, a forma de projetá-lo para frente num movimento discreto, como se desejasse tomar distância para observar algo que apenas ela percebe. A garota que não é Leona prova as circunferências dos anéis em cada um dos dedos com os mesmos gestos calculados que a Leona verdadeira usava para escolher o par de bancos onde sentaríamos, à esquerda ou à direita, não muito perto do banheiro, jamais visíveis a qualquer pessoa que pudesse violar nosso efêmero universo privado.

Vou para o mesmo estande de anéis. No caminho, deposito algumas moedas no cesto de uma criança que sopra forte uma ocarina, um som tão doce quanto o recheio que vai nutrindo o miolo dos churros no carrinho estacionado alguns passos adiante. Abro passagem entre os filtros de sonhos dependurados sobre a bandeja de bijuterias e me coloco ao lado da garota que não é Leona. Encosto de leve meu braço no dela, sua pele também tem a cor doce, se estica pelo antebraço numa lisura sem pelos, quente de sol, leite fervido com açúcar por muitas e muitas horas até atingir aquela tonalidade, a consistência jovem que me suscita uma mistura de cobiça e nostalgia. Sem me olhar, ela recua. Estuda o próprio rosto num espelho oval pendurado entre colares e cangas, um gesto que nada tem a ver com os anéis que experimenta. Toco seu ombro.

— Com licença. Por acaso o nome da tua mãe não é Leona?

3.

Não sei o que Leona viu na madrugada da nossa última viagem. Ela percebia muitas coisas o tempo todo. Às vezes, sua mente a deslocava para lugares distantes e eu a perdia em silêncios demorados.

Eu me angustiava quando ela olhava além de mim, concentrada em algum ponto que me parecia vazio ou trivial. Os olhos de Leona eram de um raro preto, a pupila não se distinguia da íris, a menos que uma luz direta incidisse sobre eles; na penumbra do ônibus, isso quase não acontecia. Eram olhos que não deixavam rastros, complicados de seguir. Ela usava óculos de aros grandes, como as secretárias ou as garotas impopulares dos filmes colegiais norte-americanos, mas não sei se era impopular ou se um dia trabalhou como secretária, se debocharam dela na escola ou se abriu os dois primeiros botões da camisa para seduzir algum professor. Não sei como se comportava longe de mim, na vida real. Jamais soube que impressão as outras pessoas tinham dela.

Ela costumava tirar os óculos durante as viagens, mas os recolocou para observar algo no homem. Ergui a cabeça também, forçando os olhos na mesma direção. Perguntei o que estava acontecendo. Perguntei se ela o conhecia.

Perguntei, brincando, se era seu namorado. Nunca chegou a me responder.

Não ter falado de Leona a ninguém transformou em segredo os eventos daquela noite. Não é um assunto que se joga à mesa do café da manhã para sua família católica do interior, a menos que haja disposição para responder infinitas perguntas e esmiuçar os detalhes e explicar *quem é essa sua amiga Leona* e depois *o que vamos fazer a respeito disso tudo que acabamos de ouvir e preferiríamos, pelo amor de deus, continuar ignorando*. Ou talvez eu apenas não quisesse admitir que Leona pertencia ao mesmo mundo dos meus parentes e dos meus colegas da faculdade, jovens que memorizavam termos em latim para conferir autoridade à irrelevância do que tinham a dizer. Talvez eu não quisesse pensar no que ela representava na minha vida concreta — no que aquilo tudo dizia sobre Charlotte.

Sem ela, a história talvez fosse outra. Não apenas a história daquela noite ou a história do homem morto: a história da minha vida.

4.

A garota que não é Leona também não é filha de Leona. Ela me diz isso balançando a cabeça numa negativa veemente demais para uma pergunta casual feita por uma desconhecida. Se eu fosse louca, diria que a garota está mentindo, que há algo acontecendo ao meu redor desde sempre, conluios que me escapam, toda uma teia de sentidos e relações se costurando à minha volta, reuniões de alcova onde a antiga Leona instrui seu exército de conspiradores a nunca me perder de vista. Mas eu não sou paranoica, tampouco chutei o focinho dos yorkshires. Compreendo que a vida seja uma sucessão de insignificâncias. Aceito que a garota ao meu lado não me dirija a palavra apenas porque estamos perto, muito perto do meio-dia, e nessa hora faminta somos bichos menos pacientes uns com os outros. Quanto a Leona — se continuou transformando em ato suas crenças e filosofias —, deve mesmo estar morta.

Os olhos da garota me atravessam e ancoram em algum ponto além de mim. Seus lábios formam um sorriso discreto. Viro a cabeça para olhar também, mas não vejo nada significativo. Durante o tempo em que ela coloca o anel, puxa uma nota do bolso das calças e estende a mão para a vendedora, durante o tempo em que escuto essa vendedora juntando as moedas do troco, durante o tempo em que essa forma triste de escambo se perfectibiliza entre uma mulher indígena e uma garota que, por qualquer razão, gosta de anéis feitos de casca de árvore, durante esse tempo estarei olhando para as trivialidades da manhã, e é como se cada yorkshire, criança, poodle cego, dona de casa, testemunha de Jeová, aleijado, imitador de gatos, esportista, estudante, pessoa genérica que, de tão genérica, se torna misteriosa, é como se cada um deles arrastasse consigo uma fração de mim.

5.

Couves e alfaces despontam das sacolas plásticas. Comprei uma abóbora inteira, que desalinha minha coluna para a direita enquanto subo os lances de escada, o exercício diário que não me salvará do grupo de risco das cinquentonas sedentárias.

Não tenho mãos disponíveis para tirar os fones quando chego ao terceiro andar e descubro Felipe escorado ao batente da porta de Laura, a vizinha do 301. Ele se contorce numa pretensa pose sedutora, pernas enlaçadas, mãos penteando os cabelos para trás, e na mesma hora meus ouvidos são inundados pelas águas de uma cachoeira.

Durante cinco dias, meditei com rigor todas as manhãs. No meu aparelhinho de som ficaram os barulhos da natureza que deveriam me levar ao nirvana, à plenitude espiritual ou ao menos a um único dia de paz na Terra. Foram os cinco piores dias da minha vida. Eu acordava furiosa com a ideia de passar a próxima meia hora numa almofada me defumando com incenso de mirra. Quanto mais eu pensava em não pensar, mais acabava revolvendo e multiplicando os pensamentos, e o redemoinho cerebral me tragava. Algumas ideias, quase por travessura, invadiam minha cabeça, coisas como contas a pagar, o final ambíguo de *Blade runner*, ideações pornográficas com pessoas horrendas, maneiras de morrer, formas de se matar, uma frase de origem desconhecida lida há muitos anos, *os espelhos e a cópula são detestáveis porque multiplicam a quantidade de homens*. A sensação de fracasso e descontrole emocional se agravava após essas sessões malsucedidas. À noite, num sono descontínuo, eu consultava o relógio de hora em hora, antecipando o momento em que acordaria com o primeiro compromisso: o incenso de mirra, a almofada, os sons da natureza, o Buda, os espelhos, a cópula e todo o vórtice de pensamentos a me sugar para o fracasso.

Isso explica a remanescente cachoeira espiritual desaguando no meu cérebro enquanto a vizinha Laura me olha apavorada e Felipe se vira, o sorriso encantador aos poucos se desfazendo. Não largo as sacolas no chão, não dou meia-volta, não continuo subindo. De todas as alternativas, escolho a pior: fico parada no último degrau.

Os dois me observam. Laura diz alguma coisa, talvez um cumprimento. Em seguida, acrescenta uma frase mais longa. A cascata engolfa suas palavras, todos agora falam a voz das águas.

A vizinha deve ter, na melhor das hipóteses, trinta anos. A franja reta junto às sobrancelhas faz com que pareça uma criança gigantesca, seu nariz achatado lhe dá um ar de cão pequinês. Posso imaginá-la com duas trancinhas pendendo sobre os ombros enquanto lambe um pirulito de círculos coloridos e dança *I've written a letter to daddy*, como Bette Davis em *O que terá acontecido a Baby Jane?*

O que acontecerá a Baby Laura não me diz respeito. Mesmo assim, tento lembrar se sempre a achei ridícula ou se apenas agora enxergo a criança-pequinês. Continuo subindo os degraus, dissipando em força mecânica a fúria que rebenta dentro de mim.

6.

Tinha deixado a Barlavento sobre o travesseiro, ainda fechada no invólucro; na capa, uma fotografia P&B onde Lou Reed parece o jovem Frankenstein. Rasgo o plástico que envolve a revista, desejando que fosse a pele de Felipe, as costas se abrindo em ranhuras sanguinolentas, a carne se acumulando debaixo das unhas.

Quando ele entrar em casa, não me revoltarei. Não posso me revoltar, ou ele vai pensar que sinto ciúmes ou arrependimento por tê-lo deixado. Penso no conteúdo do pen drive branco que ele escondeu dentro do bolsinho da calça e que, num lampejo de curiosidade, decidi conectar ao meu computador. Abrir dispositivo? Ok. Imagens e vídeos cobrindo depressa a tela, aos poucos eu distinguia as formas, abri um dos arquivos, reproduzi trinta segundos de um vídeo mal gravado de uma garota de minissaia dentro de um ônibus lotado, depois outro, um pouco mais nítido, uma mulher masturbando um cavalo até ele esporrar sobre seus seios imensos, e outro, um homem enfiando o pau na goela de uma carpa, pilando os órgãos, o barulho viscoso, os olhos esbugalhados do peixe. Arranquei o pen drive da entrada USB e devolvi ao bolso da calça. Nada daquilo admitia uma explicação satisfatória, portanto não pedi nenhuma.

Também não pedi o divórcio naquele ano, tampouco conversei com Felipe. Eu não queria refletir nem falar sobre aquilo, muito menos admitir que já o detestava muito antes de descobrir seu arsenal de pornografia grotesca. Senti raiva, asco e até mesmo pena, inventei explicações que o desculpavam, talvez algum amigo tivesse lhe aplicado uma brincadeira infeliz. Depois passei a recear seus objetos pessoais. Guardava uma distância cautelosa do notebook quando o encontrava ligado sobre algum móvel da casa. Cogitei investigar Felipe mais a fundo, talvez aquele conteúdo não passasse de uma curiosidade muito episódica, uma transitória fantasia sexual da meia-idade. Nos últimos três anos, o puni por razões que ele jamais compreenderá. Não lhe dei um único instante do meu prazer e fiz com que me fodesse a seco, recusando-me a participar dos seus desejos.

7.

Dependendo da inclinação ao misticismo, é significativo pontuar que a catástrofe aconteceu numa sexta-feira 13, em dezembro de 1991. Leona e eu conversamos pouco nessa última noite. O homem de terno trouxe para dentro do ônibus um pedaço do mundo exterior e nós não conseguíamos esquecer sua presença a apenas alguns assentos de distância. Não nos beijamos nenhuma vez. Não me lembro do nosso último beijo. É como se ainda estivesse por acontecer.

Posso ter recomposto essas memórias depois do que ocorreu, reconstruindo as cenas uma a uma, ressignificando o tempo que passamos ali dentro. Talvez meus pensamentos estejam deformados pelo trauma, embora nunca tenha associado minha inaptidão à felicidade a um tipo de estresse pós-traumático. Pouco mais de uma hora de viagem havia se passado quando o homem deixou seu assento e abriu a maleta. Sua presença bastava para contaminar nossa atmosfera de liberdade, mas não era só isso: ele trazia a iminência da aniquilação. Foi o catalisador do fim.

Leona chegou a pegar um dos seus romances de Raymond Chandler; posso vê-la tirando da mochila a lanterna de leitura, acoplando à borda do livro, ajeitando atrás da orelha uma mecha de cabelo. Eu considerava aquela luzinha que permitia ler no escuro um exemplo da inventividade da nossa geração, sem nem sonhar que, enquanto isso, Steve Jobs já digitava nas teclas brancas do seu Macintosh.

Adeus, minha adorada. Ou não foi esse o livro que Leona pegou? Uma capa preta, estilo noir, com letras amarelas e a ilustração do detetive Marlowe de chapéu. Tenho a coleção completa de Chandler na estante, toda ela adquirida muitos anos após o acontecimento.

Na plataforma de embarque, eu tinha observado o homem: um Sr. Ninguém, com terno surrado e maleta de couro, o rosto obscurecido pela barba grisalha. Leona ainda não havia chegado, portanto éramos os únicos passageiros noturnos diante do local onde, dentro de vinte minutos, estacionaria o ônibus. Não recordo suas feições, sua altura, seu tipo físico, se usava aliança ou relógio; imagino ele com as sobrancelhas grossas, mas não posso ter certeza. Andava de um lado para o outro, o queixo quase colado ao peito. Logo que Leona chegou, me abraçando pela cintura, parei de pensar nele.

Mesmo dentro do ônibus, evitei olhar na sua direção, por medo de que houvesse algo muito errado com seu rosto, ausência de olhos, chagas purulentas, fossas nasais expostas. Ainda hoje, sempre que caminho por alguma rua hostil, também me esquivo dos rostos, como se o simples fato de ignorá-los pudesse me proteger das suas intenções.

Naquela noite, não me protegeu.

8.

Deixo de lado a Barlavento; preciso do fôlego de uma xícara de café antes de começar alguma das longas matérias da revista. Sem pensar muito, mexo na estante de livros. Escondi a carta entre as páginas 43 e 44 da *Grande Enciclopédia Larousse*, *volume 1*. Pego a lupa na segunda gaveta da mesa de cabeceira e posiciono sobre a primeira folha. Sei o conteúdo de cor, portanto esmiúço os sulcos desses papéis amarelados que conservam os vestígios da existência de Leona.

9.

Foi em junho de 1991 que estreou no Brasil o remake de *A noite dos mortos-vivos*. Leona me contou que tinha assistido no cinema. Um perfume diferente se descolava da manta florida que ela trazia enrolada ao pescoço. A estampa não combinava com seu jeito sóbrio, tampouco aquele cheiro enjoativo e insistente. Parecia um perfume caro, com um bom fixador, o tipo de perfume capaz de impregnar o tecido por muitos dias. Eu precisava sentir se a pele de Leona também carregava aquele novo vestígio olfativo, queria entender se outra pessoa havia enxertado o acessório nela. Nunca cheguei a saber com certeza, mas, nas viagens seguintes, o perfume e a manta não reapareceram.

Naquela noite, não consegui prestar atenção ao que ela dizia. Enquanto pensava em meios de descobrir se Leona tinha estado com mais alguém no cinema, ela narrou com entusiasmo o enredo do início ao fim, pontuando, como sempre pontuava, os acontecimentos com suas impressões extravagantes sobre os atores e as cenas. Perceber que ela de fato havia se envolvido com o filme me tranquilizou, até o momento em que a ouvi dizer:

— Eu não teria ido ver uma bobagem dessas por conta própria.

— Então por que tu foi?

— Porque me convenceram a ir.

— Quem te convenceu?

Leona ignorou minha pergunta. Fazia isso para conduzir a conversa pelos rumos que a atraíam.

— É isso que eu gosto no cinema. É tipo um livro que a gente pode ler com mais alguém, na mesma hora. Tu vai bastante no cinema, Charlie?

Fiz que sim com a cabeça, torcendo para que ela não me perguntasse quais filmes eu tinha visto nos últimos tempos. Minha resposta não foi uma completa mentira, mas uma verdade antecipada, pois me tornei uma das mais assíduas frequentadoras dos cinemas que restam em Porto Alegre.

— Eu achei que iam ser aqueles zumbis de terror trash, sabe? Mas não. Na saída, me contaram que o diretor foi fotógrafo de guerra no Vietnã.

Leona continuou falando sobre remakes, a estética trash, a Guerra do Vietnã e outros assuntos que iam se misturando. Eu não me preocupava em dizer nada, ela não se preocupava em me ouvir. Às vezes, se erguia entre nós essa espécie de quarta parede e eu me resignava a ser plateia para seus monólogos.

Demorei a entender se Leona amava ou abominava os filmes de terror. Falava como se tivesse visto todos, mas achava previsíveis e dizia que não funcionavam com ela. Mais tarde, depois de ter assistido vários títulos do gênero, compreendi que existe um sentimento de superioridade em predizer as tramas, as personagens, as cenas. Quando a câmera se aproxima pelas costas da protagonista, que procura algum frasco nas prateleiras do armarinho de remédios, podemos prenunciar a aparição do espírito, do monstro no espelho ou do falso detonador. Um gato preto pulando sobre a mocinha. Gestos que delatam o susto tornam o terror comercial o gênero mais seguro de todos; qualquer pessoa que tenha visto mais de dez filmes desse tipo é capaz de fechar os olhos um instante antes de realmente se assustar.

Conforme amadureci, evitei inúmeros fantasmas apenas porque soube decifrá-los com antecedência, mas, aos vinte e dois anos, eu era incapaz de predizer Leona. Ela era um gênero todo novo para mim, com suas verdades contraditórias e atitudes que não cabiam em nenhuma outra pessoa, características tão irrepetíveis quanto as impressões digitais coletadas junto ao cabo de um revólver: indícios que nem sempre recontam a verdadeira história dos disparos.

Leona acreditava num padrão latente, numa fórmula capaz de prever qualquer coisa. Não apenas os filmes de terror: o universo inteiro. Quando falava sobre suas crenças, algo fervia dentro dos seus olhos; às vezes, ela me assustava, talvez fosse louca, psicótica, esquizofrênica, usava figuras tenebrosas para ilustrar as teorias, explicava que o mundo era um organismo e o tempo agia como a peristalse das nossas vísceras, impelindo toda a matéria viva à putrefação. Os zumbis não convenciam enquanto personagens de terror, porque zumbis éramos todos nós, mortos-vivos à espera de um destino inevitável. Disse isso e colocou as duas mãos diante do corpo, balançando devagar a cabeça e entreabrindo a boca. Mesmo imitando um zumbi, seus trejeitos não perdiam a elegância. Nada me fazia achá-la estúpida.

Escorada à janela, observei de canto sua performance. Soltei uma breve risada com ênfase nas narinas, como ainda faço quando quero sinalizar desprezo. Ela estava mais descontraída do que nunca e, a cada gesto, jogava em cima de mim uma nova porção do incômodo perfume:

— Eles vêm nos pegar, Charlie.

Leona parecia me provocar, mas não deixava evidências sonoras ou visuais disso: somente aquele cheiro, aquela alegria, aquela súbita paixão por zumbis. Reforcei meu descaso com um movimento de ombros. Ela deve ter cruzado os braços, como fazia para demarcar uma indignação fingida.

— Ok, tudo bem, tu quer ser a personagem corajosa. Lembra que os corajosos e os filhos da puta morrem primeiro e depois...

Ela ia começar alguma explanação a respeito da ordem de óbitos dos filmes mainstream, mas eu interrompi:

— Então por que tu continua falando?

Por algum tempo, seu semblante se fechou — ou supus que tivesse se fechado, pois não ousei olhar para ela. Eu estava a ponto de chorar, a testa batendo contra o vidro a cada guinada do ônibus. Esperei que Leona me mandasse à merda e mudasse de banco. Em vez disso, ela abriu a mochila e puxou um envelope grande, selado com um adesivo de caderno.

— Eu não vou pegar o ônibus sexta que vem. Preciso ficar.

Falava baixo. O ânimo de antes havia desaparecido. Prosseguiu:

— Fiquei pensando no que tu vai fazer sozinha durante a viagem, olhando pro nada.

O ônibus atravessou alguma espécie de cratera, fazendo minha cabeça bater com força contra o vidro. Na mesma medida em que Leona se mantinha sempre altiva, eu parecia sofrer todo tipo de humilhação diante dela. Esfreguei a testa.

— Eu vou ficar bem — respondi, virando um pouco o rosto para ver o envelope.

— Sei que sim. Mas te escrevi uma carta durante uma aula chata. Se tu resolver sentir saudade.

Quando as incongruências me fazem duvidar de tudo e chego a pensar que a inventei por completo, busco em meio à *Grande Enciclopédia* o maço de folhas amarrotadas. Elas são a única prova. Não as manuseio com frequência, temo que desmanchem. Comparo a caligrafia de Leona com a minha própria e vejo que se distinguem em tudo. Sou canhota, minha escrita é lenta e geométrica, enquanto a dela parece ter arrebentado em um golpe só sobre as folhas, espalhando as frases. Cada vez que releio a carta, sei que, em 1991, eu não poderia ter escrito nada daquilo. Eu simplesmente não estava pronta.

10.

A normalidade tensa com que a última viagem começou também prenunciava a tragédia. Disso não sabíamos, embora pressentíssemos; ou então eu não sabia, enquanto Leona já previa tudo através das suas fórmulas secretas. Décadas depois, eu pensaria que todos os nossos trajetos fizeram parte de uma única sequência, uma jornada em direção à implosão da nossa história.

Existe um ponto onde tudo desaparece. A cena derradeira é aquele momento em que vi as luzes vermelhas iluminando seu rosto, brilhando nos lábios úmidos que sussurravam junto aos meus cabelos.

— Vai dar tudo certo, Charlie.

Um sorriso rápido, os dedos tocando minha nuca e enfim os tênis de cano alto pisando a demarcação do acostamento. A viatura piscava, queimando minhas retinas; acho que cruzei os braços para que as mãos parassem de tremer, fechei os olhos para fingir um pesadelo, os balões coloridos dançando dentro das pálpebras. Pensei que os policiais perceberiam meu nervosismo e me levariam direto para a cadeia. Nas margens da estrada, não consigo visualizar se havia uma plantação de tabaco, milharais, anúncios publicitários, um matagal; se coaxavam sapos-bois, se ventava, se fazia frio — nada disso ficou. Apenas existimos dentro de um foco de luz em meio ao breu infinito, a luz oscilando entre o vermelho e o vazio. Leona não pisou um centímetro sequer fora das faixas do asfalto. Ela andou devagar, penetrou a sombra e desapareceu para sempre.

11.
Charlie,

Eu acredito que tudo no universo já está determinado a acontecer, você sabe disso. É um modo menos romântico de falar em destino, de dizer que a liberdade que preconizamos é uma ilusão. Por exemplo: escrevo essa carta porque não posso evitar, porque só me resta escrevê-la.

Na nossa ridícula sensação de onipotência, quando não entendemos algo, chamamos de imprevisível ou caótico. Mas qual é o efeito prático dessa constatação nas nossas vidas minúsculas? Nenhum. Crer na mentira das nossas infinitas possibilidades de escolha é nossa única possibilidade de escolha. Entende?

Eu vi você antes que você me notasse. Você usa a mochila com alças muito compridas, isso força sua coluna. Pensei de que maneira poderia me aproximar. Você nunca prende os cabelos direito, tem sempre essas mechas escapando da borrachinha, uma desordem bonita. Não foi apenas por causa da sua beleza típica, os olhos puxados de leve sob as sobrancelhas que se arqueiam nessa expressão de constante impaciência. Talvez se eu oferecesse um chiclete, mas e depois? Nós não temos muito a ver. Eu precisava de um plano, um bom plano para chamar sua atenção. Então decidi que tentaria acessar uma parte sua que as pessoas costumam desprezar. O sol de março nas maçãs do seu rosto, quase queimadas, uma faixa vermelha que cobria também o declive do seu nariz. As fantasias: todo mundo te toma como uma garota óbvia, não é, Charlie? Você olhava com tédio para uns senhores que mastigavam pastéis engordurados e bebiam café preto, mas, em dado momento, se ateve a uma velha arrastando uma trouxa de pano sobre o ombro. Parei do seu lado, você se virou e sorriu. Algumas pessoas parecem personagens, não parecem? Foi isso o que eu disse. Mais ou menos. Não lembro as palavras exatas. Seus olhos se abriram mais, acho que surpresos, e depois se voltaram para a mulher curvada e com sulcos profundos no rosto. Com certeza você se lembra do que me respondeu: para onde será que ela vai? Depois disso, as frases se encadeiam e pavimentam a zona de intermédio a que, na teoria do nosso encontro, eu chamaria de uma nova dimensão dialógica. Não acho que essa senhora tenha uma passagem. Acho que vive aqui mesmo, nessa rodoviária. Pode morar na rodoviária? Talvez ela não use esse verbo. Morar. Talvez ela diga que espera, como todo mundo que está aqui. Mas esperar o quê? As pessoas esperam sempre alguma coisa que tire elas do lugar, por melhor que esse lugar pareça aos outros. Pensam, sonham, fantasiam, criam. Será que essa é a diferença dos seres humanos para os outros animais? A ansiedade? Inquietude, eu acho. O que você espera? Silêncio. O ônibus manobrava. Eu percebi que você, Charlie, só esperava que algo realmente grande acontecesse. Era a pessoa mais bonita que eu já tinha visto.

12.

As coisas não aconteceram como Leona descreveu na carta, não fluíram tão bem assim. A forma como ela distorceu nosso diálogo me chateia, é como se eu precisasse ser reinventada para despertar algum interesse nela. Houve lapsos angustiantes, momentos em que eu não soube mais o que dizer; me sentia pequena e frágil ao seu lado, embora ela fosse mais baixa, mais magra, os desenhos do corpo apagados dentro da camiseta escura e dos jeans soltos. Leona era capaz de mentir até mesmo sobre fatos que eu havia presenciado, rasurando as histórias de tal maneira que só me restava acatá-las. Sua versão não é apenas melhor: é mais convincente, e por isso suplantou a realidade do nosso primeiro encontro.

Ouço a porta bater no corredor. Felipe passa os domingos vendo futebol na tevê. O inferno se completa quando liga também o rádio para acompanhar alguma partida paralela. Às vezes, pesquisa imóveis na internet para me provar que está tentando encontrar um apartamento, mas ele não quer ir embora, não quer que as coisas mudem. Pedir outra mulher em casamento, construir outro lar, todo esse ritual o cansa. Tem fobia de qualquer ação que perturbe sua inércia. Por isso, há quase um mês, se arrasta pela casa, mal barbeado, se alimentando de sacos de batata palha e latas de Coca-Cola zero. Não sai com amigos e sequer admite ir muito longe para buscar alguma espécie de consolo sexual; no terceiro andar mora Laura e no computador existem as mulheres que se enroscam num ninho de orgasmos fingidos. Durante a madrugada, quando levanto para beber água, escuto gemidos mecânicos; os barulhos atravessam as paredes da sala de televisão onde há um mês o sujeito com quem me casei dorme num sofá-cama.

Ele tentou de todas as maneiras não me dar ouvidos. Eu havia bebido demais no jantar, mas minha decisão estava sóbria. Queria me separar, não suportava mais dividir com ele a cama e o silêncio das refeições. Sentia nojo do jeito como ele mastigava, dos seus pelos espalhados no box do banheiro, das suas roupas, dos pensamentos que eu lhe atribuía.

Vou até a sala e, sem surpresa alguma, o encontro vendo um jogo de futebol estrangeiro e bebendo Coca zero. Ele me olha desconfiado, espera que eu faça algum comentário, tem as pernas bem abertas e um dos braços acomodados atrás da cabeça grisalha.

Não digo nada, vou à cozinha, preparo o café, batendo panelas e louças, ele aumenta o volume, a narração da partida toma conta da casa, peço que abaixe aquela merda, ele não escuta ou finge não escutar, e eu peço outra vez, aos gritos:

— Abaixa essa merda, Felipe.

Ele abaixa o volume.

— Encontrei um apartamento — ele diz. — Um bom apartamento.

— Ótimo. Quando tu vai embora?

— O proprietário ainda não avisou quando vai estar liberado.

— Espero que muito em breve.

Volto para meu quarto equilibrando sobre uma bandeja o bule cheio de café, a xícara e um tablete de chocolate.

13.

O primeiro homem que me fodeu se chamava Caio. Aconteceu no primeiro ano da faculdade. Eu não tinha muito interesse por sexo, mas não queria ficar com fama de menina frígida do interior. Quase todos os rapazes da turma haviam me convidado para sair e ninguém entendia por que eu nunca aceitava.

Caio estava nos últimos semestres, não era feio nem bonito, não chamava a atenção, não faria um escândalo se a experiência fosse ruim. Além do mais, ele me olhou na noite exata, quando eu estava decidida a beber até achar engraçado ver meu rosto no espelho e transar com qualquer um no banheiro.

Beijei ele, deixei que colocasse as mãos por dentro da minha blusa, sovasse meus seios com o vigor de um padeiro, me conduzisse ao banheiro. Lá, entre arranjos corporais desastrados, fodemos com pressa, com força, com dor. Alguém batia na porta do lado de fora. Eu estava seca, mas evitava o impulso de fechar as pernas. À medida que meus gemidos de dor simulavam prazer, ele intensificava os movimentos, o suor salgado escorrendo da base dos cabelos e molhando minhas mãos.

Caio gozou, afastou-se do meu corpo e, escorado na pia, abotoou as calças. Juntou do chão minha blusa e a entregou sem olhar no meu rosto, o maior gesto de ternura daquela trepada. Ele saiu, disse para a fila de espera que havia *uma garota passando mal no banheiro, porra, mija na rua, filho da puta*. Eu fiquei ali dentro, esfregando a superfície da vulva e observando os desenhos do sangue nos pedaços de papel higiênico. Enquanto chutavam a porta, identifiquei em vermelho os contornos de um porco, as orelhas pontudas, o ventre balofo, o rabo torcido. Então comecei a rir e do riso fez-se uma golfada de vômito.

14.

Abro as persianas e fecho o vidro; entra sol, mas não a algazarra das crianças, a vibração com os gols da rodada, os latidos dos cães e todos os outros barulhos deprimentes do domingo. Ajeito a revista sobre as coxas, mordo um pedaço de chocolate e bebo um gole quente de café. Sento na poltrona e abro a revista, marcada na página de Tom Lennox.

15.

Depois de Caio, houve outros; homens eventuais, sexos um pouco melhores, mas o desejo esmorecia antes que eu pudesse me aproximar de um orgasmo.

No começo de 1991, as sextas-feiras à noite já haviam se transformado no motivo pelo qual eu suportava a monotonia das aulas, das conversas com pessoas que já não me interessavam, do estágio no escritório de advocacia localizado num prédio antigo do Centro Histórico. Aos poucos, mudavam meus gostos — os manuais jurídicos conviviam com novelas russas e tramas policiais, eu aprendia a ler Borges, Cortázar, Kafka, faltava as aulas de direito tributário para remexer os baús alergênicos dos sebos, desvendando entre espirros o preço rabiscado nas últimas páginas, à procura de algo novo que pudesse surpreender Leona. Algo que eu pudesse ensinar a ela.

Também me tornei assídua na Videodrome, a locadora onde o catálogo de clássicos ocupava um espaço que só perdia para a seção pornográfica, cuja abertura estreita se ocultava atrás de um pôster de *Querida, encolhi as crianças*. Eu passava muito tempo vasculhando as estantes, tentando encontrar os filmes de que Leona falava e outros que pudesse sugerir a ela como uma recomendação casual, algo como *vi ontem mesmo, me lembrei de ti, depois me diz o que achou*.

16.

O homem se ergueu com um revólver na mão. E então um estalo.

Não o estouro definitivo da pólvora, foi algo mais delicado, o baú de metal se fechando, o choque entre duas bolas de gude, os pés descalços despertando a mina terrestre, a primeira vez que beijei Leona, o ponto sem retorno, a esfera de chumbo que, lançada verticalmente a partir do solo, atinge o vértice do movimento e fica suspensa por uma fração de segundo no ar. O gatilho. À beira do sono, é esse estalo que ainda hoje me puxa de volta num espasmo de músculos. Dentro do ônibus, as luzes vacilam sobre a silhueta do homem — as ombreiras angulares do paletó, dois poços de sombra nos olhos, o rosto transformado numa máscara inexpressiva.

A iluminação do ônibus falhou naquele instante ou, em vez das lâmpadas, foi minha consciência que lampejou? Por que agora imagino aquele rosto como se fosse de gesso, sem perturbações, a face impassível da tragédia, a Morte de Bergman? Como posso acreditar no eremita que, habitando solitário há tantos anos as cavernas da minha memória, me recorda de fatos tão improváveis?

17.

Numa das noites, cheguei mais cedo e sentei nos bancos do fundo. Vi Leona me esperando na plataforma, a mochila preta apoiada no ombro, os tênis encardidos pela poeira da rodoviária.

Havíamos nos desentendido na viagem anterior, quando ela leu na palma da minha mão o destino que, mais tarde, se consumaria: advogada, um marido, sem coragem ou entusiasmo para filhos. Eu sabia que ela estava certa, mas me feriu a indiferença com que profetizou sua ausência no meu futuro.

Esse episódio aconteceu antes do inverno, talvez em maio. Embora eu não consiga precisar o mês nem a ordem das viagens, sei que ainda fazia calor, pois eu havia cortado com tesoura as mangas de uma camiseta velha e amarrado um lenço vermelho no pescoço. Queria parecer alguém à beira da revolução. Alguém que Leona poderia respeitar.

O motorista sinalizou que partiríamos e ela entrou, esticando o pescoço em direção à área de embarque, tentando me encontrar ainda no último minuto. Andando pelo corredor do ônibus, me enxergou. Permaneceu algum tempo parada, sorrindo na minha direção. Essas suas pausas de suspense agiam sobre mim com uma potência anfetamínica, me levando a uma euforia insuportável. Ela era como uma fera na tocaia, escolhendo a abordagem perfeita.

Desviei o olhar, observando através do vidro sujo as manobras de saída.

Leona veio até mim, se escorou no assento vago e aguardou que eu virasse meu rosto para ela.

— E aí, maragata? É impressão minha ou hoje não estamos bem?

Joguei minha mochila sobre a poltrona vizinha. Ela transferiu com delicadeza meus pertences para os bancos da frente e se acomodou ao meu lado.

— Tu sabe o que eu penso sobre conflitos, Charlie — Leona segurou meu rosto com a mão direita e me beijou firme na bochecha. Não havia o menor espaço para hesitação nas suas atitudes. Aquelas ações pareciam impulsivas, mas os pequenos lapsos de maquinação prévia, os instantes em que se demorou ali, no meio do corredor, garantiam que cada gesto fosse convicto, no tempo exato. — Um desperdício.

Ao dizer isso, senti sua mão descendo pela minha nuca.

Na hora seguinte, eu estaria sobre Leona, de costas para ela, com sua jaqueta sobre minhas coxas, as calças emboladas nos tornozelos, sua mão dentro da minha calcinha, o lenço vermelho para sempre perdido no vão das poltronas.

18.

Quanto tempo é necessário para conhecer alguém?

O tempo que passávamos juntas, as histórias que ela me contava, as coisas que ela me dizia, o que ela me deixava entrever da sua vida — tudo era sempre insuficiente.

19.

A Barlavento é o que se poderia chamar de revista underground. Os jornalistas usam pseudônimos e transitam pelo limbo existente entre os fatos e a ficção. Não estabelecem compromissos com a verdade, mas nos persuadem a acreditar naquilo que escrevem. Aprendi com Leona um postulado que eu comprovaria anos mais tarde, atuando como advogada e acompanhando, pelo mero prazer do espetáculo, algumas sessões do Tribunal do Júri: uma representação coerente e interessante é mais eficaz do que a própria verdade.

A Barlavento não se preocupa em cobrir os acontecimentos do planeta e a conjuntura política aparece somente como pano de fundo para as histórias de pessoas sem muita importância. Enquanto as notícias dos jornais se contradizem e são esquecidas a cada instante, há algo que persiste e se repete nos indivíduos.

Parei de ler jornais e sites de notícia porque já não tenho paciência para escutar que as coisas andam muito mal. Duas vezes por dia recebo áudios de dez minutos que me dão instruções para estocar macarrão instantâneo e me esconder num bunker, porque amanhã — e isso é certo — será o dia. Idealistas ferozes pegarão em armas e sitiarão as ruas com seus projetos de miséria, dos bueiros verterão exércitos de ratos e homens narcóticos, supostos técnicos da operadora de telefonia baterão à minha porta a pretexto de um reparo qualquer e me aplicarão sevícias inimagináveis.

O fim do mundo é iminente.

A Barlavento não me diz que as coisas andam mal em manchetes garrafais. Não diz que o Ocidente repousa sobre fundamentos equivocados, que o Congresso é um sanatório, que andar na rua à noite é uma sentença de morte e que, por fim, dez bilhões de pessoas serão infelizes em 2055. O que me resgata do tédio de ser uma criatura insignificante e ao mesmo tempo atormentada pela megalomania da autoconsciência são as pequenas narrativas de indivíduos como eu e os acontecimentos singulares que atravessam suas vidas irrisórias.

Leona nunca falou da conjuntura política insana dos anos 90. Andávamos distraídas sobre o limiar do futuro, ela me persuadindo com seu arsenal de ideias fora do lugar e seu acervo de narrativas absurdas, nas quais eu fingia acreditar para que nunca terminassem.

Naquele ano, fui bastante feliz.

20.

Ao meu pai francês devo a origem do nome Charlotte. Foi minha mãe quem escolheu, acho que para demarcar uma qualidade que, em todos os demais aspectos, se diluiria: sou francesa à metade.

Ser um pouco europeia me diferenciava na escola. Crescidas entre lavouras de soja, filhotes de jararacas e borrifadas de agrotóxicos, as crianças da colônia costumam ter nomes idosos, em homenagem a avós e santos. Leocádia, Terezinha, Juceli, Dulce, Norema, Acélio, Gertruda, Ironi, Alcemir. Eu era Charlotte, meio francesa, meio extraviada. Meio herege também.

Na verdade, eu nunca quis conhecer meu pai. Apenas subtraindo do meu próprio semblante as características que não descubro na família da minha mãe consigo deduzir algum sinal dele. Sou a mais alta, tenho cílios compridos, o rosto um pouco alongado. Minha mãe não criou pretextos para sua ausência, não me disse que foi à guerra, que morreu nadando em um rio à meia-noite, que me concebeu em meio aos ardores de uma paixão. Nenhum mistério, nenhuma curiosidade, nem mesmo um retrato. Contou apenas que ele veio ao Brasil a negócios, engravidou a jovem secretária da indústria de tabaco, mandou um dinheiro no primeiro ano e achou que assim estavam supridas suas responsabilidades paternas.

21.

Eu, que sempre achei o resto do mundo enfadonho e estúpido, descobria um ânimo inédito para escutar Leona. Mais do que isso: registrava seu modo de falar, suas expressões marcantes, as palavras ambíguas, as variantes da voz, os gestos que acompanhavam as frases.

A partir das primeiras viagens, passei a criar teoremas impossíveis para resolver os enigmas do seu comportamento. Queria saber se Leona havia mencionado de propósito determinada canção, se havia algo sobre ela — ou talvez sobre mim — a ser decodificado na letra. Queria entender por que ela usava a expressão *adeus* — tão forçada e teatral — em vez de *tchau* quando descia do ônibus. Ao menos quanto a isso obtive uma resposta completa, embora não menos intrigante:

— Porque adeus é longo. Tchau é curto.

Eu devo ter feito uma cara confusa, porque ela sentiu que deveria continuar:

— Adeus reverbera, como se não acabasse nunca. O tchau é um fim simples, meio simplório. Um ponto final.

Meses depois, quando a vi lendo uma versão surrada de *O longo adeus*, de Raymond Chandler, supus que aquele livro tivesse alguma relação com sua teoria sobre as despedidas reverberantes e terminativas. Talvez inspirada pela atmosfera da literatura policial, senti que decifrava Leona com minha observação furtiva e perspicaz, tornando-a objeto de um processo investigativo infinito.

Para não arruinar meu próprio método, não contei para ela que, na segunda-feira seguinte, comprei o mesmo livro, cuja leitura, apesar do título, não se estendeu por mais do que um dia. É nesse livro que aparece um sujeito enigmático chamado Lennox, de quem Leona deve ter pego emprestado seu pseudônimo: Tom Lennox.

22.
— Por que tu me chama de Charlie?
— Tu não gosta?
— Gosto. Só que é o apelido de Charles. É de homem.
— Não é de homem. É teu.
— Me diz uma mulher que se chame Charlie.
— Tu.
— Além de mim.
— Pouco importa, Charlie. Pouco importa mesmo. É muito melhor que não seja comum.
— Tu diz isso porque Leona é comum. Meio comum.
— Então me dá um nome incomum.
— Não consigo.
— Por quê?
— Porque eu sei que o teu nome é Leona.
— Isso é o que eu te digo, Charlie.

23.
Propus às minhas colegas de apartamento que fizéssemos o jogo do copo. Eu queria ter um fato extraordinário para contar a Leona, algo que a deixasse admirada com minha valentia, uma experiência de vida tão impressionante quanto as que ela me contava. Se hoje essa tentativa de contato com supostas entidades extrafísicas me soa como uma aventura pueril, na época pareceu um atalho audacioso rumo aos enigmas sobre os quais se debruçam cientistas, filósofos e poetas. Não sei bem que espécie de resposta esperava levar a Leona, mas o certo é que me

faltou sutileza para perceber os verdadeiros mistérios que vibravam ao meu redor. Ignorei a imensidão do que desconhecia a respeito de mim e de fenômenos tão mundanos quanto o desejo, o amor e o medo, preferindo exercer com os mortos a coragem que me faltava para a vida.

A princípio, as duas garotas que moravam comigo resistiram em participar. Tínhamos em comum a criação católica, que recomendava não mexer com espíritos, mas também partilhávamos os impulsos transgressores da juventude. Acabaram aceitando, mas combinamos que poderíamos interromper o jogo a qualquer momento.

Montei o tabuleiro com números de 1 a 9, as letras do alfabeto e as palavras *sim* e *não*. Depois de acender algumas velas — a cera branca se acumulando e endurecendo nos pires —, desliguei todas as luzes e nos sentamos ao redor da mesa, com os dedos indicadores em cima do copo de vidro posicionado no centro.

O ceticismo ainda não havia contaminado toda minha perspectiva sobre o mundo, tampouco eu compreendia que nessas suspensões da razão irrompem as histórias de que nos lembramos pelo resto da vida. A realidade não tem muito a oferecer se não nos iludirmos um pouco. É o que nos propõem os filmes, os livros, as peças de teatro. Era o que me propunha, do seu modo sinuoso, Leona.

A cenografia estava pronta. As chamas das velas projetavam sombras trêmulas na parede, como se os fantasmas já bailassem ao nosso redor. Tudo se tornava ainda mais assustador por causa das infiltrações que necrosavam as paredes do apartamentinho que dividíamos no centro da cidade. Cada canto daquele lugar me remetia à palavra *podre*. Lençóis *podres*, de raras lavagens; ar *podre*, de não circular o bastante e de haver tanto tráfego na avenida que ficava dois andares abaixo. Comida *podre* dentro da geladeira, que não dava conta de conservar o feijão mal preparado. Até hoje não gosto muito de queijo porque, no apartamento *podre*, só comíamos queijo rançoso. As pessoas não sentem falta do que nunca provaram; a felicidade se instala onde os critérios são mais baixos.

Eu sinto saudade daquele buraco *podre* quando percebo que este lindo apartamento que eu e Felipe adquirimos numa rua arborizada me arrastou para esta realidade. Aliás, os lençóis de fio egípcio, o aparelho split da Samsung — com design ultraclean, mais silencioso do que os batimentos do meu próprio coração — e o colchão king size, cujo complexo jogo de molas poderia me catapultar para fora da cama, não me salvaram de insônias muito mais angustiantes do que as noites de sono ruim no apartamento universitário. Nas madrugadas mais quentes do verão, o ventilador da Brisa empurrava sobre meu corpo o ar lodoso; tentando varrer a extensão de um quarto que, de todo modo, era minúsculo, o aparelho parecia obstinado em um movimento de negação. Várias vezes preferi arrancá-lo da tomada por achar que me vigiava com intentos repressores.

Embora sinta falta do lugar onde vivi até os vinte e dois anos, nenhuma ideia me parece mais odiosa do que retornar a ele. E o que aconteceu ao redor do tabuleiro já não me assombra. Ainda assim, nenhuma explicação pode ser satisfatória. As teorias racionalistas de Leona para os eventos que narrei a ela serviram apenas para me ridicularizar, pois também não tinham nenhum fundamento. Tanto quanto sei que espíritos não existem, estou certa de ter me comunicado com eles naquela noite.

Assimilei sem trauma as forças inexplicáveis que empurraram o copo de vidro em direção às respostas mais perturbadoras: morto, 1921, enforcado, dor, raiva. Quanto ao fracasso de transmitir o arrebatamento da experiência a Leona, ainda hoje tenho ímpetos de desaparecer no poço da humilhação quando me recordo. Depois dessa conversa, tantas vezes recolhi meu entusiasmo e espanto para que outros não os julgassem ingênuos que genuinamente deixei de senti-los. Se um fantasma agora brotasse diante de mim, com sua silhueta opaca a voejar pelo quarto, eu o reteria na memória com absoluto sigilo, como uma emoção impossível de explicar. Mal havíamos deixado a rodoviária de Porto Alegre quando, com certa afobação, comecei a relatar a Leona as inquietantes intercorrências do jogo do copo. Seu sorriso debochado e o desdém que transparecia no seu rosto não escondiam o quão estúpida me achava por acreditar que havia testemunhado eventos sobrenaturais. Possuída por uma incontrolável vontade de chorar, interrompi a história, e ela conteve minha mágoa com a espécie de abraço que se oferece a uma criança amedrontada. Jamais se preocupou em pedir perdão, porque sabia que o tinha sempre ao seu alcance.

24.

Enquanto estivemos casados, busquei Felipe raríssimas vezes fora do nosso expediente sexual dos domingos, como naquela quarta-feira que atravessamos vestidos com nossas roupas de ficar em casa. Raios serpenteavam em meio aos prédios, nuvens de chumbo pairavam sobre a cidade. O intervalo entre relâmpago e trovão se tornava cada vez mais curto, nos aproximando do instante em que a bolha de ar pastoso se romperia numa tormenta apocalíptica.

Felipe tomou a providência ridícula de tirar a tevê da tomada, o que me irritou. Depois, se deitou em silêncio ao meu lado e cruzou os braços atrás da cabeça. Ficamos sem dizer nada durante alguns minutos, observando a tempestade elétrica pela janela. Comecei a me sentir excitada pelo jogo de claro-escuro que revelava em flashes nossos corpos cobertos por trajes mínimos. Abri minha bermuda e a fiz deslizar pelas pernas. Não havia nenhuma novidade no meu corpo, nem mesmo a calcinha bege sugeria qualquer maquinação prévia de *reacender a chama* de uma relação que já tinha nascido sobre as cinzas.

Temi que Felipe fizesse algum comentário a respeito do sinal de nascença que fica sobre o osso direito do meu quadril. Essa marca nunca pertenceu a ele e eu não queria que percebesse. No instante em que um clarão pôs em evidência meu corpo, tive certeza de que ele diria a coisa errada, observaria a marca na minha pele, questionaria aquela repentina disponibilidade sexual, mas ele não fez nada disso. Permanecemos em silêncio enquanto as paredes do apartamento estremeciam com o trovão. Eu me virei para o lado e, muito devagar, enlacei minhas pernas nuas entre as dele, fechei os olhos e me deixei engolir por um sonho íntimo, sob os rumores e as texturas de uma tempestade alheia a tempo e espaço.

25.

Anos depois de perder Leona, comecei a desconfiar de que ela não passava de uma garota promíscua. Repassei na memória toda a técnica dos seus gestos e o modo infernal como sorria para se esquivar das perguntas. Sinto ciúmes da segurança com que me beijou pela primeira vez — no nosso segundo encontro —, ignorando qualquer possibilidade de rejeição. Eu devia tê-la rejeitado, dito que aquilo era um engano tremendo. Até mesmo minha confusão desmoronou ao vê-la sorrir, a mão ainda enlaçando minha nuca, me fazendo acreditar que, ao lado dela, tudo sempre estaria certo.

Eu e Leona nunca dividimos uma quarta-feira de tédio nem passamos mais do que algumas horas na companhia uma da outra, mas dividimos a violência de uma tempestade.

Essa noite aconteceu mais perto do fim do ano. O céu se decompunha numa chuva ruidosa sobre a lataria do ônibus, que rastejava pela estrada. Chovia pedras de gelo. É a última recordação que tenho de temer a fúria da natureza, frágil como um velejador inexperiente à deriva num oceano de ondas colossais.

Não pensei que sofreríamos um acidente por aquaplanagem, o que seria plausível, como aprenderia na autoescola alguns anos mais tarde. Eu sentia como se estivéssemos prestes a mergulhar numa dimensão cega, atravessando a cortina espessa de água para vagar no asfalto infinito. Conseguia me acalmar olhando para as faixas amarelas do acostamento, mas me desesperava perceber que elas só existiam dentro dos limites que os faróis alcançavam. Eu tinha certeza de que ninguém pilotava o ônibus. Tive muitas certezas tão absurdas quanto essa ao longo da vida.

Conforme o escuro ia engolindo nossos rastros, a luz dos faróis tramava o caminho. E se nos chocássemos de repente contra o mundo suspenso?

Quando notou minha inquietação, Leona cedeu o assento do corredor e assumiu o lugar à janela, olhando de perto o espetáculo das rajadas elétricas e das pedras de gelo que açoitavam o vidro.

— Eu acho que a gente vai morrer — eu disse.

Leona acariciou meus cabelos com os dedos.

— Tu quer uma resposta que te acalme ou uma resposta honesta?

Ela sorria tranquila.

— Honesta.

— A gente provavelmente não vai morrer hoje. Mas pode ser que morra mesmo. E teu medo não vai nos salvar.

Leona pôs a mão espalmada contra o vidro, acho que para sentir o impacto do granizo.

— E se esse vidro quebrar?

— Eu me corto.

26.

Felipe também se virou para mim, abandonando a tormenta às suas costas. Se ele tivesse me tocado de maneira mais incisiva, eu o teria repelido. Dei mais um minuto para ele estragar tudo. Não aconteceu.

Conforme espremia meu corpo contra o seu, eu o sentia endurecer contra minha coxa. Ele permaneceu imóvel. Gostei de pensar que sentia medo de mim.

Eu o conduzi para o meio das minhas pernas e impus minha cadência. Acho que a chuva já fustigava a rua quando ele gozou, embora eu recorde a chuva e o gozo como eventos simultâneos, condensados em um instante de clímax geral.

27.

A janela não quebrou com o impacto das pedras de gelo. No entanto, guardo a cena como se tivesse acontecido: uma bola cristalina atingindo o vidro, que se estilhaça contra a mão de Leona, rasgando a malha de pele, tendões e veias. Córregos vermelhos escorrem entre os dedos enquanto os anéis de hematita — não lembro se estavam nos seus dedos naquela noite — represam o sangue.

Nos anos seguintes, eu tentaria reproduzir com alguns rapazes a sensação de viver algo clandestino, oscilando entre a adrenalina do flagrante e a descoberta de espaços secretos de intimidade, sempre sob alguma ameaça. Foi assim que transei nas dunas das praias, nas poltronas dos cinemas ou deitada sobre os bancos de sedans, picapes e SUVs, arrastando garotos ansiosos e homens infiéis para banheiros de festas, bares, shoppings e restaurantes. Eu queria ter Leona entre as quatro paredes de um quarto, sobre uma cama com colchão de molas e lençóis limpos, janelas fechadas para nos resguardar de qualquer ruído do mundo exterior, adormecer com seus braços ao redor da minha cintura, compartilhar meus sonhos e pesadelos pela manhã, acordar de madrugada para flagrá-la na vulnerabilidade do sono, e talvez por isso negasse aos meus amantes o que não pude ter com ela.

Leona parecia ignorar que vivíamos um romance clandestino. Para a lógica hermética que regia os movimentos daquele ônibus noturno — conforme as leis que ela própria estabeleceu —, não havia necessidade de falar sobre assuntos que pertenciam a outros universos.

Ela ignorou a violência da tempestade e me trouxe para mais perto, beijando de leve meus lábios. O céu se liquefazia em tons purpúreos atrás do sorriso que seguia quase todos os seus primeiros avanços. Ela não tinha pressa, jamais tinha pressa, e no entanto conseguia mover as coisas numa vertigem.

Já havíamos transado outras vezes naquele mesmo ônibus, mas nunca daquela maneira. Dessa vez, suas mãos se infiltravam por dentro da minha roupa, convencendo-me a despir a camiseta e o sutiã, a suspender o medo dentro do espaço transitório onde urdíamos uma ilusão de liberdade. Nua sobre os bancos de um intermunicipal, me ocorreu que os relâmpagos fossem os flashes de uma câmera analógica a fotografar meus seios, e que sobre mim estava o próprio demônio, encarnado naquela garota de gestos mansos. Seus lábios inventavam ângulos no meu corpo que antes dela jamais haviam existido e que depois dela deixaram de existir.

Toda vez que abria os olhos, as retinas se inundavam do palor arroxeado dos relâmpagos. À deriva na tempestade de raios e gelo, eu sentia que a boca e as mãos de Leona me percorriam e tramavam ao mesmo tempo, como os faróis do ônibus faziam à estrada escura. Convicções fugazes atravessaram o amálgama de luzes e células em que eu tinha me transformado, como a ideia de que tudo não passava de um delírio agonizante em meio a uma descarga elétrica, e há apenas alguns instantes Leona me falava sobre um sujeito chamado Michael Faraday, sobre a gaiola de Faraday que nos manteria em segurança, ainda que toda a eletricidade do planeta convergisse sobre nossas cabeças.

28.
— E se esse vidro quebrar?
— Eu me corto.

— E se um raio cair no ônibus?

— Não acontece nada.

Leona ainda tinha a mão espalmada contra a janela.

— É verdade, Charlie. Eu te prometo. Esse aqui é o lugar mais seguro onde a gente poderia estar agora.

Seu rosto desapareceu numa faixa impenetrável de sombra, mas ainda hoje consigo repor o semblante sem dificuldade. Da cor do alcatrão, as íris oscilavam em frações de milímetro, untadas por um brilho invulgar, enquanto as sobrancelhas se franziam. Ela traduzia em contrações musculares a importância do que tinha a dizer; tinha uma grande vocação para narrar histórias e injetava nelas uma paixão que convertia qualquer evento banal em uma aventura intelectual magnífica. Leona temperava o cotidiano com boas doses de ficção, mas também sabia arquitetar um devaneio a partir das leis inflexíveis da realidade.

— Tem uma coisa que se chama gaiola de Faraday. Tu não estudou isso?

Eu não tinha a mais vaga ideia do que ela estava falando, mas aquele assunto não me interessava. Eu teria sentido a mesma impaciência se, num voo turbulento, alguma testemunha de Jeová me convidasse para rezar. A única diferença é que Leona falava de física, nunca de deus.

— Sabe o que é?

— O quê?

— A gaiola de Faraday.

— Não.

— A gente tá dentro de uma.

Eu só queria que ela calasse a boca e se compadecesse da minha angústia, mas seu carinho era sempre econômico e imprevisível. Percebi que seria mais fácil apenas fingir que a escutava.

— Aqui não precisa ter medo nunca.

Demorei a entender que aquele assunto não era apenas um manual de sobrevivência para tempestades de raios ou um modo de dominar a irracionalidade do medo com explicações científicas. Dessa vez, Leona estava mais perto de endossar minhas angústias do que de ridicularizá-las. Falava sobre a gaiola perfeita que nos protegia de toda violência externa — a utopia dum ponto neutro e inviolável onde nada nos atormentaria. Nesse lugar específico, e somente dentro dos nossos limites, poderíamos sobreviver.

29.

Numa tarde chuvosa, vasculhando a seção de revistas da livraria, a Barlavento me atraiu por causa da matéria de capa, que trazia o retrato de uma mulher sentada ao lado de um fogão a lenha azul-piscina. De imediato percebi a semelhança com o antigo fogão da casa onde passei minha infância, um modelo popular na região, produzido por uma metalúrgica familiar chamada Eisen.

Essa fotografia foi meu primeiro contato com a Barlavento, quase por acaso. Comprar livros e revistas pelo mérito da capa e do título é algo que faço com frequência, mas não seria difícil assumir que as forças do destino colocaram aquela edição diante de mim. Ao longo de três décadas, não cruzei uma vez sequer com Leona, por mais que tenha permanecido alerta para essa possiblidade. Reconheceria sua presença num instante, ainda que seu corpo estivesse demolido pela ação da gravidade, a beleza da juventude amarfanhada pelos remates do tempo. No fim, seguindo seu estilo de me atingir sempre da maneira menos óbvia, não foi com ela propriamente que esbarrei, mas com seu olhar. Outra vez estava olhando para a mesma direção que Leona, me esforçando para compreender o que havia ali, à nossa frente, contido naquela capa. Agora que mais de trinta anos nos separavam — trinta anos de vantagem a meu favor —, já não achei a fotografia magnífica, não porque houvesse apurado meu juízo crítico, mas porque cansei, as coisas deixaram de me comover, restando apenas a memória das emoções do passado.

30.

Nos invernos da minha infância, a roça amanhecia coberta pelo verniz opaco da geada. Minha mãe achava sempre impressionante, apesar de não ser um evento raro. Ficávamos as duas na varanda, observando em silêncio, as maçãs do rosto dela afundando a cada sorvida no chimarrão.

Minha mãe falava pouco, ainda menos do que eu. Era a mais nova dos cinco irmãos, a mais bonita, a única que jamais pegou no cabo da enxada. Odiava o berro dos porcos agonizantes, tinha pavor de qualquer criatura que rastejasse, se recusava a colher couve por causa das lagartas, não mordia as goiabas por medo de encontrar larvas. Apreciava a paz do campo apenas no seu ideal contemplativo. Gostava das borboletas que ornamentavam o céu em revoadas coloridas, mas achava de péssimo agouro as enormes bruxas espalmadas nas quinas da casa, com desenhos de olhos nas asas marrons. Me entregava a vassoura e pedia que eu as matasse, cuidando com o pó venenoso que elas dispersavam. Se caísse nas vistas, cegava.

Mais de uma vez encontrei minha mãe chorando de madrugada por causa dos ouriços que entoavam uma lamúria tristíssima no meio do mato. Se não havia ouriços, o coaxar dos sapos também servia para roubar suas horas de sono. O lamento comprido e agudo deles suscitava pensamentos infelizes, nos quais ela se enredava noite adentro. Nunca me ocorreu perguntar de que matéria triste eram feitos aqueles pesadelos.

Ninguém sabia explicar a inaptidão da minha mãe à natureza onde havia crescido. O certo é que escapou do cotidiano no campo logo que pôde e foi trabalhar como secretária na empresa de fumo da cidade mais próxima, onde acabou engravidando do meu pai francês. Quanto a mim, o que meus avós e tios mais celebravam era minha falta de nojo e a dignidade com que os via degolarem as galinhas e abaterem os animais maiores. Nenhum bicho estrebuchando me fazia perder a fome do almoço.

31.

Eu já estava perto de completar trinta anos quando, numa quarta-feira de verão, enterrei minha mãe na parte antiga do cemitério rural, ao lado do túmulo dos meus avós. Aceitei dormir na casa de um primo ali perto, onde passei as piores horas da minha vida, com os olhos abertos no escuro, escutando a lamúria dos sapos, um canto de alma penada que abre fissuras nas represas da dor. Acho que foi nessa noite, vulnerável e solitária, que voltei a precisar de Leona. Oito anos após seu desaparecimento, eu ainda pensava nela todos os dias, mas só agora percebia que talvez nunca mais voltasse a vê-la. Desde a nossa última viagem, eu sentia como se tudo tivesse mudado muito pouco, de modo que havia um abismo entre a dimensão objetiva do tempo e a efetiva consciência que eu tinha da sua passagem.

Deixei um bilhete agradecendo meu primo pela hospitalidade e peguei a estrada de volta a Porto Alegre antes do amanhecer. No caminho, atravessei o distrito de Mariante, o vilarejo de Leona. O tempo tinha se esquecido de agir sobre o terminal rodoviário onde o ônibus a deixava: à beira da estrada de terra, encontrei o mesmo casebre verde-água, com dois buracos que serviam de bilheteria e mercadinho. Naquela hora, a pouca luz não me permitiu divisar os pacotes cor-de-rosa das pipocas de canjica nem os pirulitos em forma de chupeta que pendiam sobre o balcão, mas eles estavam lá.

32.

Sentada ao lado do fogão, a mulher da Barlavento usava um lenço na cabeça e tinha olhos encovados. Pela qualidade da fotografia, não pude entender se as marcas no seu rosto eram cicatrizes ou rugas muito profundas, do tipo que apenas décadas de sol e cigarro conseguem escavar na pele de alguém. O título, impresso em letras amarelas na margem inferior, também não dizia muito: *A mulher que vimos definhar*. Enquanto aguardava na fila para comprar a revista, analisei melhor a imagem da capa. A temperatura da cor e a borda esquerda chamuscada conferiam uma beleza imperfeita à composição. Nas laterais, em letrinhas miúdas, *Acervo pessoal, 1989*. Mil novecentos e oitenta e nove. A mulher que vimos definhar. Não era espantoso supor que a mulher retratada já estivesse morta há décadas; que ela parecesse saber disso, essa era a parte terrível. A superposição de tempos, a anacronia da sua resignada tristeza, o fogão esmaltado, azul-piscina, minha avó já bem magrinha rachando lenha no galpão, eu recolhendo pinhões para cozinhar na chapa quente, Leona descendo do ônibus em meio à estrada mal iluminada, seus tênis de cano alto pisando a terra vermelha, também forasteiros, também anacrônicos, as Kodaks analógicas, a tempestade de imagens desconexas se condensando num instante raro, raríssimo, em que todas as coisas soam absurdas e irreais, até que o rapaz do caixa — bonito como todos os atendentes da livraria — perguntasse a forma de pagamento.

É difícil saber por que nos lembramos com vivacidade de determinados detalhes supérfluos — como os bancos onde eu e Leona sentamos na noite em que nos conhecemos, números 25 e 26 — e relegamos aos escaninhos da memória coisas tão intrigantes quanto os fatos que Leona me contou em algum dos nossos encontros, sobre uma mulher temida por ter poderes sobrenaturais. Morava no mesmo vilarejo que o seu e ninguém da vizinhança arriscava se aproximar. Somente durante a leitura da revista fui me lembrando do caso: a mulher solitária, o silêncio absoluto que orbitava sua casa, a resistência dos mais velhos em pronunciar seu nome.

— Mas ela mexe coisas com a força da mente?

Para uma garota ingênua e comum, interessava a versão fantástica dos fatos; para alguém como Leona, os fenômenos sobrenaturais atribuídos à mulher pouco importavam. Ela se interessava pelo que as pessoas eram capazes de criar em volta daquilo, pela forma como uma versão da história podia, de fato, mudar a história de uma pessoa, de uma comunidade inteira.

— Claro que não — disse Leona. — Eu não pedi pra ver. É nisso que o povo de lá acredita. Eu não tenho medo dela. Antes até tinha pena, porque ela parecia doente e sozinha. Mas agora acho outra coisa.

Um vinco se formou entre suas sobrancelhas.

— Que ela enganou todo mundo? — perguntei.

Leona refletiu por alguns instantes, olhando para um ponto fixo à sua frente.

— Ela se tornou imortal. As pessoas repetem cem vezes por dia o nome do padeiro, mas ele vai ser esquecido. Essa mulher não vai. Mesmo que evitem dizer o nome, mesmo que tenha vivido na sombra. As próximas gerações vão passar pelo túmulo dela e apontar: aqui foi enterrada a garota poltergeist.

A reação da comunidade e o fascínio construído em torno daquela mulher é que interessavam Leona. Enquanto todos a isolavam do convívio, mantinha-se altiva na sua solidão. Definhava com todos os seus segredos e se imortalizava através deles.

A matéria de capa da Barlavento — assinada por Tom Lennox — trazia uma história muito semelhante à de Leona, recompondo uma espécie de voz coletiva sobre uma mulher que, na juventude, havia protagonizado uma série de eventos sobrenaturais. O nome do lugar não era citado, mas ficava claro que a garota poltergeist desenvolveu sua fama numa região pobre por volta dos anos 60, tendo vivido a idade adulta como uma pessoa reservada, temida e doente. Breves passagens de teor jornalístico apareciam aqui e ali, disputando espaço com a biografia ambígua da mulher, que podia ter pago caro demais por uma travessura adolescente em meio a uma comunidade supersticiosa, mas que também podia acreditar na própria paranormalidade, e que se resignou a um definhamento silencioso, sem negar ou confirmar todo tipo de fenômeno que lhe atribuíam: chuvas de pedras, ruídos inexplicáveis, o desaparecimento de objetos na capela, aparições, a doença misteriosa e outros fatos que os anos somam, subtraem e modificam, abastecendo sua imortalidade.

Podia também ser um conto, um relato ficcional, como sugeriam as minguadas fontes e referências. Não ficava evidente o vínculo do texto com a verdade, mas o fogão a lenha estava ali — do mesmo modelo em que, durante a infância, eu tostava meus pinhões — e o rosto anônimo daquela mulher era de uma brutalidade impossível de ser forjada. Eu gostei mais do texto de Tom Lennox do que dos outros que se empilhavam pela edição da revista e decidi que passaria a acompanhar sua seção nas publicações mensais da Barlavento.

Embora tenha reconhecido semelhanças já naquela primeira história de Lennox, a teoria de que Leona estava por trás de tudo não me apareceu num clarão. Foi ganhando nitidez no decorrer das leituras seguintes, solidificando-se numa certeza tão instável quanto todas as lembranças que guardo do ano em que nos conhecemos.

33.

Pesquisei, então, o nome de Tom Lennox no Google. Encontrei apenas resultados esparsos, todos redirecionados à revista. Nas redes sociais, nenhum perfil que pudesse corresponder ao sujeito que assinava a coluna. Como eu já suspeitava, não era um nome verdadeiro.

Poderia supor que Tom Lennox é o pseudônimo atrás do qual se escondem vários colaboradores com interesses e estilos diferentes. Ocorre que Leona também era assim, um baralho de assuntos e modos inventivos de contar histórias. Ela defendia suas próprias ideias, não a verdade. Para proteger algo em que acreditava, seria capaz de qualquer coisa, inclusive de se ocultar atrás de outro nome. Se acreditasse que tinha bons motivos, Leona seria capaz de devolver a arma a um suicida. De mentir para a polícia. De desaparecer para sempre.

34.
Como parei de me importar com a desintegração da minha vida conjugal e, nos hiatos das demandas profissionais, me ocupei aplicando as técnicas dos romances policiais para desvendar Leona nas matérias assinadas pelo misterioso Tom Lennox é algo que levaria qualquer psicanalista a tremer de excitação diante da possibilidade de diagnosticar um caso evidente de escapismo. O desejo de evasão da mulher desiludida, que recorre a devaneios mirabolantes para se livrar das frustrações da vida real. A cinquentona menopáusica que rejeita as marcas indeléveis do tempo. Um remergulho no magma utópico do passado. Acontece que discordo do meu psiquiatra hipotético. Enquanto leio as palavras de Lennox, circulando com caneta vermelha os indícios de Leona, é como se argumentasse com meu analista interno que ela está aqui, veja bem, Leona está em todos os lugares. Não apenas pela identidade entre algumas histórias: há também os interesses em comum, as micronarrativas que servem para comprovar teorias maiores, a fixação pelo lado avesso dos fatos e pela versão impopular dos acontecimentos. Por fim, estavam ali as expressões de

Leona, que sempre preferia as palavras amplas — adeus, universo, energia — às suas variantes pontuais — tchau, mundo, força.

De quantas evidências se faz uma prova? Que combinação de elementos basta para proferir a sentença: é ela, só pode ter sido ela?

Se Leona pudesse opinar sobre minha desconfiança, talvez dissesse que eu estava condicionada a buscar coincidências para forjar a prova que desejava obter, mais ou menos como Cesare Lombroso, o pai da antropologia criminal, que determinou o fenótipo do delinquente examinando presidiários e negligenciando os intrincados fatores socioculturais que conduzem alguém à prisão. Depois de trinta anos rondando salas de cinema, livrarias e bibliotecas, eu enfim havia encontrado o que precisava na Barlavento — ecos que remetiam à personalidade de uma pessoa em parte inventada pelas minhas próprias elucubrações. Pois, além de algumas horas deixadas no passado, o que tenho de Leona é exatamente isso: especulação.

35.
— Tem alguém aí?

As chamas das velas vibraram com o ar que saiu da minha boca. Temi que se apagassem, nos deixando no completo escuro. Não precisávamos de mais esse fator no cenário. Já estávamos aterrorizadas o bastante no nosso primeiro confronto com os espíritos. Para reforçar o pacto de lealdade, eu, Olívia e Carla — minhas colegas de apartamento — nos entreolhamos. A leve pressão que aplicávamos ao copo não condizia com a brancura das pontas dos nossos dedos.

Longe de estar tranquila, comecei a pensar em coisas estúpidas. Nas mãos compridas de Leona. Nas unhas nuas e limpas, nos anéis prateados que ela usava, às vezes quatro ou cinco distribuídos pelos dedos. Quando algo a inquietava, ficava mudando os anéis de lugar. Mexeu neles muitas vezes na nossa última noite. Lembravam as peças de um ábaco.

O copo se moveu. Um milímetro. Voltei a me concentrar, achando que talvez eu tivesse empurrado sem querer. Tentei aliviar um pouco mais a pressão do dedo, me limitando a tangenciar o vidro. Carla perguntou se alguém mais tinha percebido. No instante em que eu e Olívia assentimos com a cabeça, um impulso mais brusco empurrou o copo em direção ao *sim* do tabuleiro, estancando no meio do caminho. Ficamos em silêncio, esperando que mais alguma coisa acontecesse. Nossas sombras tremiam atrás de nós, como se tivéssemos projetado sobre elas todo nosso horror.

— Tem alguém aí? — perguntei de novo, dessa vez mais alto, com mais firmeza. — Se tem mais alguém nessa sala, por favor, se manifeste.

O copo avançou muito devagar sobre o tabuleiro, chegando à resposta definitiva: sim, havia alguém mais.

36.
— É claro, Charlie, os mortos não têm nada melhor pra fazer. É só chamar que eles vêm, pode acreditar.

Nossa segunda conversa sobre o jogo do copo aconteceu na semana seguinte à viagem em que perdi o lenço vermelho. Enquanto Leona desdenhava de novo da história que eu não tinha sequer conseguido terminar de contar da primeira vez, enfiei a mão no espaço entre os bancos, certa de que havíamos sentado no mesmo lugar da sexta-feira anterior.

— Que foi? — ela perguntou.
— Meu lenço vermelho. Perdi sexta passada.
— Ah, desiste.
— Mas não foi aqui que a gente sentou?
— Tanto faz. Não vai achar.

Nunca achei. Tenho quase certeza de que ela pegou.

Por mais que Leona desprezasse o jogo do copo, eu precisava dizer a ela o quanto as respostas dos espíritos contrariavam suas previsões sobre o meu futuro. Minha vida não seguiria o cronograma da mulher de classe média — marido, emprego estável, viagens turísticas nas férias. Existia algo maior na tocaia, um grande acontecimento que não pude descobrir, pois o copo se estilhaçou no chão antes de me dar todas as informações. Leona me escutou sem fazer comentários, mas a sobrancelha levantada, o meio sorriso, o gesto afirmativo com a cabeça, toda sua postura não deixava dúvidas de que acreditava tão somente no seu próprio prognóstico: eu seria uma mulher perfeitamente convencional, nenhum feito notável me aguardava, ela própria não tinha interesse algum em ficar para ver meu destino tedioso.

— Deve ser uma merda viver sem acreditar em nada — eu disse, me virando para a janela.

Em meio à escuridão da estrada, imaginei que surgiria uma garota de vestido branco, com o rosto coberto por uma cortina espessa de cabelos negros. Uma descarga de medo me atingiu e voltei a olhar para Leona. Ela tinha acabado de tirar os óculos de grau e na base superior do seu nariz dois pequenos sulcos haviam se formado.

— O que tu quer dizer com nada?

— Nada. Nenhum mistério. A vida é muito óbvia. É isso?

Leona mordia com força a parte interna das bochechas, de modo que a luz vertical do ônibus demarcava os contornos do seu rosto. Prossegui, em tom irritado:

— Tu acha que sabe tudo, né? Entre milhares de cientistas e, sei lá, astronautas, ufólogos, pais de santo, é tu que entende todas as coisas do mundo. A Leona é que sabe. A grande Leona de Mariante.

Ela ficou girando o anel em torno do polegar com a circunspecção de alguém que bate as cinzas do cigarro enquanto pensa no que dizer. Acho que Leona não fumava; ao menos suas roupas não tinham o cheiro impregnado dos fumantes.

— Não costumo acreditar nas coisas que as pessoas contam por aí. Precisaria ver eu mesma. E nunca vi nada assim.

Embora não tenha gostado nem um pouco de saber que minha história foi categorizada na massa amorfa das *coisas que as pessoas contam por aí*, percebi que a soberba de Leona havia cedido. Num gesto rápido, ela fez a borrachinha deslizar do pulso para os cabelos, enfeixando-os num penteado alto, as mechas caindo numa cascata sobre os ombros. Ficava bonita assim.

— Tu nunca viu, então ninguém pode ver.

— O problema é que as pessoas querem acreditar antes de ver.

— E por que tu mesma não tenta?

— Porque é esse o problema. Não tem como criar toda a situação e dizer que o resultado foi espontâneo. Colocar um copo no meio da mesa, apagar todas as luzes, chamar os fantasmas, três amigas morrendo de medo. Parece tudo, menos um experimento controlado.

Fiquei pensando se eu poderia ter armado uma emboscada para mim mesma. Preferia apostar na traição de alguma das minhas amigas, embora o pavor nos seus rostos tornasse difícil de acreditar que tivessem conduzido o copo em direção às letras do tabuleiro.

Quando enfim terminou suas explicações neurológicas acerca da capacidade do cérebro humano de sustentar realidades paralelas, mencionando um tal de Experimento Philip, em que um grupo de parapsicólogos teria provado que os fantasmas não passam de produtos da mente, Leona permitiu que eu terminasse meu relato. Escutou com atenção, perguntando os detalhes que minha ansiedade obscurecia; eu sabia que, a qualquer momento, ela poderia desviar o foco para algum aspecto que julgasse mais interessante.

Lembro que perguntei ao espírito — que depreendemos se chamar Jacob a partir da junção das letras J, A, C e B — se, no meu futuro, aconteceria algum evento importante. O copo permaneceu alguns segundos sobre o *sim* e, depois, numa sucessão de movimentos confusos, escapou sob nossos dedos, rolando pela borda da mesa e se estilhaçando aos pés de Olívia.

Leona não fez mais perguntas. Disse que eu não precisava me preocupar tanto assim com o futuro, afinal, ter uma vida normal não era tão ruim, ela não entendia por que essa possibilidade me deixava tão desesperada.

— A gente sempre espera que alguma coisa aconteça — eu disse.

Ela compreendeu a alusão à própria carta e sorriu, mordendo o lábio inferior.

Naquele momento, quis que ela fosse o grande acontecimento a me arrancar da inércia, me tomando sem nenhum vestígio de ternura, avançando sobre mim com o ímpeto da catástrofe. Usava uma regata preta e justa naquela noite, com um bóton do Queen preso na altura do peito; a magreza deixava saliente a estrutura de tendões, veias e fibras. Logo abaixo do seu ombro, uma linha de músculo estremeceu; coloquei meus dedos sobre aquele ponto. Achei fascinante a forma como pelos invisíveis texturizavam a pele e investiguei com tanta atenção aqueles centímetros de corpo que, durante algum tempo, eles foram a única superfície tangível do planeta.

Ela fechou os olhos e encostou a cabeça no banco, deixando o longo pescoço à mostra, um traço manso do sorriso nos lábios. Beijei de leve seu ombro e fui subindo devagar pela nuca. Nossos lábios se encontraram no mesmo instante em que toquei seu seio por baixo da regata. Depois, me acomodei sobre ela, com seu rosto entre minhas mãos. Suas pálpebras se abriram, revelando as íris maciças que tremeluziam sob a inconstância das luzes que atravessavam os vidros.

37.

Cano na têmpora, engrenagens, pólvora, o disparo: soco de chumbo contra o crânio, a deformação sinistra do rosto, o homem desabando.

Antes de qualquer atitude, parecia fundamental retomar o controle das minhas duas mãos, que agora não passavam de apêndices autônomos. Me concentrei nelas, apertando os dedos contra as coxas para me certificar de que respondiam; devo ter mantido a cabeça baixa, porque não vi quando Leona se levantou e saiu do meu lado.

Eu não estava realmente lá. Não estava em lugar algum. O tiro abriu uma grande ruptura na realidade e me permiti deslizar para dentro daquele hiato, desconectada do meu corpo, das minhas emoções e de tudo o que havia ao meu redor. Devo ter confundido a manobra do ônibus junto ao acostamento com esse desvio para a irrealidade. Devo ter confundido todo o resto da minha vida com um percurso pelo acostamento. Nunca retornei de verdade à estrada.

38.

Não sei quanto tempo levou até que minhas pernas enfim voltassem a funcionar e me tirassem do meio dos bancos. Vi o homem caído no corredor, o braço estendido ao lado do corpo, o revólver a alguns centímetros da mão aberta, um rasgão oblíquo revelando carne e sangue. Leona se agachou ao lado dele, apoiando os cotovelos nos joelhos. Não sei dizer se estava calma ou se fazia um exercício mordaz de autocontrole, mas parecia tão circunspecta quanto um médico na sala de cirurgia. Concentrei minha atenção nela, deixando que todo o resto se esbatesse nas margens da visão.

Leona levantou devagar o rosto na minha direção e fez um gesto negativo com a cabeça, depois voltou a olhar para o homem. Como se respondesse a um comando secreto dela — como se ambos tivessem *ensaiado* durante aqueles segundos em que lutei contra meu pânico —, ele emitiu um murmúrio fantasmagórico. Só então entendi que continuava vivo.

Continuava vivo no seu inferno particular. Tateava às cegas em busca da arma.

Tinha uma bala enfiada no crânio e queria morrer.

39.

Leona fez o que eu precisava que fizesse: me instruísse a ser útil, carimbando meu passaporte para a fuga. Se ergueu sem precisar do apoio das mãos e falou comigo com calma, como se não escutasse os gritos estertorosos do sujeito estendido aos nossos pés. Eu olhava apenas para ela, o rosto do homem não passava de uma mancha vermelha, porém dos seus gritos eu não podia me livrar.

Só então me dei conta de que o ônibus estava parado, mas não havia sinal do motorista. Eu precisava encontrá-lo e buscar ajuda na estrada. A ordem de Leona soava simples, um nobre pretexto para sair correndo daquele suplício. O espaço inviolável onde vivi as melhores horas da minha vida de repente havia se transformado no pior lugar.

Empurrei a porta da cabine, que cedeu sem dificuldade. Uma porção de ar fresco entrou pela fresta, através da qual constatei que o motorista havia abandonado seu posto, deixando aberta a porta que dava para a estrada. Não sei se, enquanto eu me recompunha, ele chegou a se inteirar do ocorrido para só então fugir. Quis olhar outra vez para Leona, porque ela era o único elemento fixo num cenário liquefeito. Vi os cabelos derramados pelos ombros, as costas magras se destacando sob a camiseta, as calças desbotadas alargando um pouco mais na altura do calcanhar. E então vi o tênis preto pisando o cano do revólver e o empurrando com um movimento certeiro em direção à mão do homem, que acatou a arma com a sofreguidão pouco destra de um faminto diante do prato de sopa.

Me voltei na direção da cabine e mergulhei no torvelinho de escadas, esperando que o ônibus me cuspisse em alguma outra dimensão. Senti apenas o asfalto duro se chocando contra a sola dos meus calçados.

Comecei a andar depressa pela estrada. Minha medula gelava, com a espinha quase atravessando as costas. Uma angústia semelhante à que existe entre o relâmpago e o trovão — enquanto a luz púrpura ainda marca as retinas e os tímpanos esperam que o estouro lhes golpeie — se elevou à brutalidade da morte real.

O fato de eu já esperar o segundo tiro quando ele aconteceu só aumentou meu sofrimento: houve um lapso em que aguardei o estampido, torcendo para que ocorresse *logo*, para que o homem *morresse de uma vez* e me isentasse de qualquer possibilidade de intervir. Menos seco, mais vago do que o anterior — abafado não apenas pela carcaça metálica do ônibus, mas pela aura de sonho que se adensava ao meu redor —, o tiro aconteceu e selou a fantasia que eu vinha elaborando, a de que *não vi* Leona empurrar o revólver de volta à mão do homem que queria morrer.

40.

A matéria mais recente de Tom Lennox se chama *A epidemia da tarantela*. Um pequeno povoado que dança compulsivamente a tarantela no meio da praça durante dias e noites, até que os dançarinos tombam exaustos. Corpos em convulsão, o hedonismo levado ao limite do desprazer, os olhos esgazeados de loucura que se procuram em meio aos sapateados, arranjando-se em pares, separando-se em vertigens, vomitando sobre os sapatos cobertos de pó. É um relato imagético e potente, no qual consigo distinguir as teorias racionalistas que Leona usava para explicar os fenômenos mais estranhos: o contágio emocional aconteceu porque as pessoas acreditavam que podiam ser afetadas pela epidemia de dança. Sublinho algumas frases que ecoam o tom dela. *As emoções é que são a epidemia. As emoções que criam a música e a dança também criaram o delírio.*

A escrita torrencial de Lennox me prende num círculo ensandecedor. O sapateado mortal parece estar dentro da minha cabeça, repisando pensamentos inúteis, me impelindo a caminhos perigosos. Começo a achar que já ouvi essa história de Leona. Talvez no começo de tudo, nas nossas primeiras noites, aquelas que se perderam na pouca importância que pareciam ter. Essas noites não existiram, nenhuma noite foi irrelevante ao lado dela. Nem mesmo a primeira. Para mim, sempre foi algo grande, desde a conversa que inaugurou nossa relação. Eu nunca ouvi essa história. Esse pensamento só me ocorreu depois de chegar à última frase. Eu nem mesmo conhecia a palavra tarantela. Estou criando uma memória falsa. Estou criando uma armadilha, ecoando meus próprios fantasmas, como na ocasião em que ouvi dos espíritos meu futuro, uma profecia que cumpre a si mesma. Sem olhar, tateio a mesinha ao meu lado em busca da xícara de café. Em vez disso, toco o controle da televisão. Passo o dedo pelos botões emborrachados e, mesmo sem ver, sei a função de cada um deles. Não é difícil. Deve ser tão intuitivo quanto encontrar a trava de segurança e apertar o gatilho. Aperto.

Na outra extremidade do quarto, a televisão liga: mulheres de cores saturadas rebolam dentro de tops cobertos de lantejoulas enquanto a voz monocórdica do apresentador anuncia os encantos de uma marca de refrigerante. Aos domingos, a televisão leva ao extremo suas associações grosseiras entre produto e instinto: fome, sexo, competição e consumo se arranjam de formas que apenas pela repetição soam menos patéticas. Na ciclotimia do capitalismo, o entretenimento de má qualidade preenche as depressões da euforia consumista, e a publicidade é o preço a se pagar por cada hora de mau lazer televisivo. A necessidade dos bens de consumo se esgota, mas a demanda por ideias e sentimentos é infinita. Um dia, o número de pixels das imagens corresponderá ao número de átomos dos corpos e produtos que as telas reproduzem. E depois, como conseguiremos diferenciar a realidade do simulacro?

Como a Coca-Cola, o elixir engarrafado que promete entregar nada menos do que a felicidade, Leona quase sempre me surge como o antídoto à monotonia, à falta de prazer, à insignificância. Nunca pude esgarçar sua presença, não me cansei da sua companhia, não desejei de verdade ninguém além dela. É uma ideia que se opõe a toda frustração. A ausência corpórea potencializa sua capacidade de se replicar em hipóteses, sonhos, significados e vagas esperanças. A expectativa não se exaure: continuo à espera.

Levo a xícara até a boca; o café frio e o amargor residual do chocolate sobem à garganta num misto de náusea e azia. Tem sido esse desconforto o sentimento de todos os meus domingos, e eu sei que deveria fazer algo para contorná-lo.

Simplesmente não faço.

41.

O fim da faculdade me lançou de vez na vida adulta. No ano seguinte — 1992, quatro meses antes do impeachment do então presidente do Brasil —, fui efetivada no escritório de advocacia onde estagiava e encontrei um pequeno apartamento na zona norte da cidade, abandonando o apartamento podre dos arredores da universidade. Depois de faltar a todos os reencontros de turma, só voltei a ver meus antigos colegas de faculdade na rotina dos tribunais; às vezes, em algum jornal, inchados pelo tempo, a calva espelhando os flashes.

A última viagem com Leona nunca chegou ao destino; o ônibus ficou estacionado às margens da estrada escura. Ao olhá-lo pela última vez, tive a sensação de que ali dentro se repetiriam para sempre os acontecimentos daquela noite. Um círculo inescapável, uma dança compulsória.

Ecoando na minha memória solitária, os eventos se repetem desde então.

42.

Quando o segundo estampido me libertou, cumpri sem dificuldade a missão de encontrar o motorista. Ele não havia deixado de todo o local, mas também não voltou para ajudar. Até certo ponto, eu compreendo. Retornar ao ônibus significava confrontar de peito aberto a possiblidade de levar um tiro, e a vergonha de correr para o outro lado não oferecia uma alternativa muito melhor. Por isso, ele apenas permaneceu por perto, guardando alguns metros cautelosos do seu posto de trabalho.

Talvez existisse um nebuloso código de honra entranhado na autoestima daquele indivíduo, pois ele ficou hesitante na zona de limbo, entre fugir e enfrentar. Entre a coragem inexigível e a covardia vexatória, adotou o termo médio: não fez nada. E assim, não sendo absolutamente bravo ou covarde, chegou à conduta mais ineficaz de todas.

Muito se diz sobre comandantes de navio e pilotos de avião: diante da tragédia, nunca devem abandonar seus passageiros. Mas e quanto aos motoristas de ônibus, exaustos e mal pagos, conduzindo pela noite três pessoas cujos bilhetes, somados, não ultrapassavam cem reais? O certo é que os acidentes rodoviários são muito mais frequentes do que os naufrágios e as desgraças aéreas, e não há nenhum código de ética ou regra de conduta para o motorista que, às suas costas, ouve um disparo.

Depois de relatar que um homem havia se matado e que precisávamos buscar socorro, comecei a correr às cegas pelo acostamento, com o ar frio atravessando meus pulmões. Rompendo o breu com o corpo, sentia que de repente poderia me chocar contra uma parede de concreto — o fim do universo. Estendia os braços à frente para me proteger dessa colisão. Depois, ganhei confiança de que a noite era infinita: talvez a maior experiência de liberdade de toda a minha vida.

Faróis passaram, ignorando meus sinais.

43.
Até a chegada da primeira viatura, com suas luzes vermelhas e seus rumores radiofônicos, andei em silêncio pelos intestinos da noite, numa solidão enlouquecedora, ouvindo o escuro chiar à minha volta, grilos, folhagens, antenas parabólicas, sussurros distantes.

44.

Com o rigor de um equilibrista que cruza sem dificuldade o precipício sobre um cabo de aço, os tênis de cano alto de Leona enfim pisaram a demarcação do acostamento. Conforme se aproximava, ela ocupava todo meu campo de visão, de modo que eu enxergava apenas seu rosto, emoldurado pelos sinalizadores luminosos às suas costas.

— A polícia — murmurei, quando ela já se encontrava a um passo de mim.

Precisávamos esconder que éramos cúmplices naquele crime.

Leona assentiu com um movimento delicado de pálpebras. Uma camada de luz vermelha verteu sobre seus lábios quando ela virou o rosto para dizer, junto aos meus cabelos:

— Vai dar tudo certo, Charlie.

Tocou minha nuca e, num hiato escuro, se afastou. À minha frente, a realidade se desdobrou em duas, que se sucediam no mesmo ritmo do jogo de claro e escuro irradiando dos sinalizadores. O primeiro universo resplandecia, rubro e complexo, com Leona andando ao centro, cada vez mais distante, em direção à viatura, cujas luzes intermitentes deflagravam alguma espécie de explosão cósmica muito semelhante ao Big Bang. Nesse plano, havia movimento, as ocorrências se expandiam, Leona existia. Mas esse primeiro universo falhava; sobre ele descia o blecaute da inconsciência. Todas as formas, luzes e gestos desvaneciam, já não havia movimento, as ocorrências se retraíam e Leona desaparecia, como se nunca houvesse existido. No escuro, a inércia e a coragem, a realidade e a fantasia não se distinguiam.

Fechei os olhos. Balões coloridos flutuavam num fundo encarnado. A garota por quem me apaixonei estava fora do meu alcance para sempre, mas eu só compreenderia isso depois — quando a perda evidenciasse a paixão, quando a paixão evidenciasse a perda.

45.
Nunca precisei falar sobre os acontecimentos daquela noite.

Um policial anotou meus dados e me pediu para aguardar o carro que me levaria em segurança até minha cidade. Se precisassem de mim, entrariam em contato.

Nunca me procuraram.

Dentro do ônibus, a sequência lógica de um suicídio: a mão do morto agarrando o cabo do revólver, a cabeça repousando sobre o sangue, dois disparos, o primeiro tangenciando a morte, o seguinte consumando.

Foi Leona quem assumiu a conversa com os policiais; seu testemunho deve ter bastado. O movimento rebelde dos seus cabelos escuros, a dureza pétrea dos seus olhos, a lucidez angular do seu queixo, toda a fisionomia conspirando a favor daquela garota que carregava consigo a razão.

46.
Não planejei passar o fim de dezembro e os primeiros dias de 1992 no interior, ajudando minha mãe a preparar biscoitos amanteigados e bolos de Natal, mas foi isso o que fiz.

Pensava que a qualquer momento a polícia viria me buscar, me obrigando a revelar minha versão dos fatos ocorridos dentro do ônibus. Passava os dias sopesando as implicações de confessar a contribuição de Leona para o suicídio e as consequências de mentir. Sempre me saí bem conservando o silêncio, mas a habilidade de inventar histórias era um talento dela, não meu, e ela deve ter executado seu papel com perfeição, porque a polícia nunca me procurou para esclarecer nenhum ponto. A versão dela bastava, como sempre bastou.

Até me convencer de que ninguém viria atrás de mim, desenvolvi um medo obsessivo de ser descoberta. Evitava usar palavras potencialmente alusivas, como se minha família, preocupada em ordenhar vacas e combater pragas na lavoura, pudesse inferir todo o episódio a partir de uma reles menção a morte, suicídio, assassinato, sangue, polícia. Me lembro de ter ido ao banheiro vomitar depois de ouvir minha mãe dizer que se sentia culpada pela morte dos pintinhos, pois havia esquecido o galinheiro aberto. Se o rádio ou a televisão transmitiam qualquer conteúdo relacionado a crimes e foragidos, eu me trancava no quarto com o travesseiro na cabeça, imaginando que de repente escutaria meu nome ou o nome de Leona. Adiava o retorno a Porto Alegre não apenas pelo temor de ser detida, mas pelo pânico de outra vez pisar num ônibus. Intercalava madrugadas de insônia com cochilos atormentados no sofá da sala. Acordava encharcada de suor após uma sucessão de pesadelos desconexos nos quais se repetia uma imagem que ainda hoje consigo recuperar na memória. Eu me aproximando de um homem sentado em uma escadaria; ele usa terno e tem o rosto voltado para o lado oposto, mas abruptamente se vira para mim e vejo que no lugar dos olhos existem apenas duas crateras cheias de sangue.

Ainda que meu testemunho pudesse trazer problemas a Leona, eu não me sentia responsável por carregar um segredo dela, e sim o contrário. Da minha perspectiva, era ela quem carregava um segredo meu, e se de alguma forma fôssemos pegas, o universo alternativo que criamos implodiria, a gaiola de Faraday iria pelos ares, a tempestade desabando sobre nossas cabeças, a polícia investigando não apenas o auxílio que prestamos — que ela prestou — a um suicida, mas as minhas piores confidências. Todos os segredos contidos naquele ônibus viriam à tona.

O artigo de lei que mais vezes revisitei foi o 122 do Código Penal: induzir ou instigar alguém a se suicidar ou prestar auxílio material para que o faça. Não temia a cadeia e até conseguia imaginar Leona desdobrando a verdade de modo a se livrar dela. A punição que me aterrorizava era de outra espécie. Não havia uma dosimetria definida em códigos, a criminologia não examinava suas raízes históricas, teóricos garantistas não se importavam em repensar seus mecanismos. Era uma pena imprevisível e, por isso, ilimitada. A humilhação, a censura, a perplexidade, as inúmeras violações que cometemos, eu e Leona, e que sequer estavam contidas num código escrito.

47.

Na metade de janeiro, voltei a Porto Alegre para a formatura. A sensação térmica beirava os quarenta graus quando me enfiei dentro da toga para desfilar pelo Salão de Atos e receber o diploma, sob os aplausos da minha mãe, a única pessoa que convidei.

Nos dias que antecederam o evento, o receio de ser convocada pela polícia passou a conviver com o medo ainda mais ilógico de que Leona comparecesse à minha formatura. Eu temia que ela aparecesse lá para me ameaçar com seu olhar inquisitório, para me forçar, com sua presença perturbadora, a assinar um pacto vitalício de silêncio incondicional a respeito dos eventos da última viagem. Ainda que a polícia me procurasse ou que os familiares do homem morto desejassem investigar a fundo o contexto daquele suicídio, eu deveria sustentar minha personagem de garota estúpida que nada viu ou tudo esqueceu em razão da quantidade de sangue que havia presenciado naquela noite. As possíveis consequências da mentira me preocupavam, mas era a pressão de arquitetar uma narrativa tão coesa quanto a de Leona que verdadeiramente me torturava, pois eu sabia que não seria capaz.

Ao subir no palco, percorri os rostos na plateia. Encontrei minha mãe, mas não Leona. Repeti algumas vezes o procedimento. Quando me convenci de que ela não estava lá — e nem teria por que estar, pois eu sequer a havia convidado —, não me senti aliviada. Em vez disso, uma tristeza me ensurdeceu ao discurso do orador de turma. O lado avesso do medo desejava que Leona estivesse lá. Minha única vontade era fugir daquele palco, mas permaneci sentada, como ainda hoje permaneço, assistindo com o rosto impassível um programa de auditório enquanto o domingo transcorre igual a todos os outros.

48.
Me liberto da hipnose televisiva e saio da poltrona, decidida a servir uma taça de vinho, expulsar Felipe da área comum da casa e assistir algum dos títulos da minha lista de *filmes obrigatórios*, na qual coloquei os filmes que adio há anos sem motivo aparente.

Anoiteceu. Apenas um abajur ilumina a sala de estar. Como único vestígio de Felipe, um porta-copos ainda úmido sobre a mesa de centro.

Em termos materiais, nossa separação começou há dois anos, quando cada um passou a comprar os próprios alimentos e guardá-los em gavetas separadas da despensa. Na minha, chocolate amargo, granola, amêndoas, pistaches e bolachas integrais; na de baixo, reservada a Felipe, barras de chocolate branco com cookies, café solúvel e salgadinhos industrializados. Sua revolta contra o modismo da alimentação saudável foi a resposta aos discursos com que comecei a atacar nossa vida de consumo, bradando contra a obediência com que engolimos todo tipo de lixo que a publicidade nos empurra, querendo responsabilizá-lo pela passividade diante da nossa existência tão medíocre, da qual eu sou, desde o início, a maior cúmplice.

49.
Perto da meia-noite, o dia 8 de março de 1991 expirava, abandonando nos braços do vendedor de rosas um triste buquê de flores murchas.

Pouco antes de chegar até mim, entabulando a conversa que marcaria nosso começo, Leona subiu a rampa de acesso à plataforma de embarque e, no caminho, deve ter cruzado com o vendedor, que chamava a atenção vestindo uma gravata borboleta em meio à rodoviária de Porto Alegre. Ao observá-lo, fiquei pensando em como aquelas flores, que deviam estar belas e viçosas pela manhã, definhariam nos vasos das salas de estar das mulheres de classe média durante a noite, com os espinhos já decepados dos caules.

Às três da manhã do dia 9 de março de 1991, deitada na cama da casa dos meus avós, repassei minha primeira conversa com Leona. E lamentei o fato de não termos falado a respeito do homem das rosas. Eu poderia tê-la impressionado com a ideia dos caules decepados e das rosas cabisbaixas a despetalarem nas salas de estar. Imergindo na mágica absurda do entressonho, já quase adormecida, imaginei que, em vez de pétalas, as rosas floresciam em línguas vermelhas.

50.

Entrei na frente e me acomodei no assento correspondente ao número impresso à minha passagem: no meio do ônibus, junto à janela. Mesmo havendo uns cinquenta assentos vagos, ela sentou ao meu lado.

— Ainda não sei teu nome — eu disse, para ganhar algum tempo enquanto pensava em novos assuntos para prender seu interesse durante as próximas duas horas.

— É mesmo — ela respondeu. — Nem eu.

— O meu é Charlotte.

— Charlotte?

— É. Meu pai era francês.

— Era?

— Longa história.

— A gente tem tempo — ela disse, estendendo o braço sobre mim para alcançar a cortina. — Posso fechar?

— Pode.

Num movimento rápido, cobriu as manobras de saída junto às estruturas cinzentas e às luzes oleosas da rodoviária.

— Quando a paisagem ficar bonita, a gente abre de novo.

Mesmo à noite, o emaranhado de viadutos que expele os automóveis para fora da cidade lembra uma tubulação suja. Com a cortina azul vedando as imagens de asfalto e concreto, me senti ainda mais desamparada ao lado daquela garota. Eu queria observá-la sem que ela percebesse, queria tentar entendê-la, captar alguma nuance que a explicasse — ou que ao menos explicasse seu interesse em mim e meu interesse por ela. Alguma lei da minha própria natureza impedia que nossos olhares ocupassem o mesmo espaço. Devia ser a polaridade das cores, meus olhos de um azul aquoso, os dela de um denso petróleo.

— E eu ainda não sei teu nome — insisti.

Sem saber onde colocar os braços, cruzei-os sobre o ventre, comprimindo os músculos para dispersar um pouco aquele novo tipo de energia que me atravessava e que poderia me levar a dizer alguma estupidez. Eu percebia certa *cadência* naquela garota; ela modulava a voz conforme a importância que conferia às palavras, todos os seus movimentos e gestos tinham algum propósito. Eu queria continuar conversando, esperava que ela invadisse cada vez mais meu espaço, que eu pudesse invadi-la muito além do nome, da idade, da profissão, dos diálogos medíocres. Havia mais coisas sobre ela, um universo inteiro.

— Não importa. O meu não é francês.

Ela fez um gesto engraçado, varrendo o ar à sua frente para espantar algo insignificante.

— Grande coisa — eu disse, rindo.

Ela sorriu. Aos poucos, o sorriso se reduziu até se tornar uma pequena fissura entre os lábios. Baixei o rosto, descruzei os braços, voltei a cruzá-los. A expressão no seu rosto permaneceu imperturbável quando enfim respondeu que se chamava Leona.

51.

Leona me perguntou que tipo de música eu gostava de escutar. Fiquei tentando entender que espécie de resposta impactaria aquela garota de aspecto atemporal, que tinha sentado ao meu lado mesmo com tantos assentos vagos. Em qualquer outra circunstância, eu teria detestado uma intrusão como essa; mas não detestei, porque ela era divertida e incomum. Eu não sabia manter conversas exóticas nem dizer coisas irreverentes, embora julgasse que, alguns minutos antes, ainda na plataforma de embarque, tinha me saído muito bem ao criar hipóteses para a velha da rodoviária e o eterno estado de espera. Talvez — e isso era algo novo para mim — eu não fosse alguém com tão pouco a dizer, mas, na verdade, houvesse me deparado, ao longo da vida, com uma série de pessoas pouco estimulantes.

Na plataforma, enquanto falávamos sobre esse *eterno estado de espera*, eventos fundamentais e irreversíveis ocorriam. Às vezes, quando experimento essa sensação de que existe algo acontecendo ao meu redor, numa conexão de sentidos ocultos, e começo a esquadrinhar a banalidade aparente das coisas, estou apenas voltando àquele primeiro encontro. Quem enxergasse duas jovens de vinte e poucos anos conversando numa rodoviária não poderia supor que concebiam um novo universo, regido por leis próprias. É possível que apenas Leona soubesse disso, com sua capacidade de antecipar a interpretação aos próprios fatos.

Eu, no entanto, não sabia, e apenas me deixava sorver para dentro daquela *nova dimensão dialógica* — como Leona escreveria na carta alguns meses mais tarde. O Big Bang que inaugurou nosso universo, todo parcelado ao longo das viagens de 1991, aos poucos varria a realidade circundante para o vasto nada sem importância.

Não sei o que os bebês sentem quando aprendem a falar, adquirindo o poder de exprimir aos outros suas necessidades básicas, seus sentimentos primários e suas impressões sobre o mundo. O fato é que, para a imensa maioria dos adultos, parece suficiente emitir um som capaz de ser decodificado por criaturas semelhantes, estancando nessa conquista elementar da socialização. Muitas pessoas gastam suas vidas tentando se reconhecer nos perfis dos horóscopos, torcendo para times de futebol, interiorizando sonhos de massa, defendendo bandeiras corporativas, se encaixando em algum grupo no qual possam falar com grande alegria sobre os interesses que partilham. Dedicando-se ao que têm de comum e ordinário, não sei o que fazem com tudo aquilo que têm de incomum e extraordinário; talvez não lhes reste nenhuma reserva dessa natureza, talvez simplesmente se conformem à imagem da sociedade que os concebeu.

Quanto a mim, sempre convivi com essa massa tóxica de pensamentos que eu não podia revelar a ninguém e mantinha em estado amorfo dentro de alguma parte secreta do meu cérebro, escondendo de todos as evidências de que eu, na verdade, não era uma pessoa normal. De repente, Leona estava ali, convocando meu absurdo, sugerindo metáforas para traduzir à insuficiência das palavras aquilo que elas não alcançavam e que permanecia escondido — me fazendo sentir, portanto, incompleta.

Nunca fui uma outsider. Fazia amigos, trocava angústias típicas da idade, do desenvolvimento profissional, das aspirações românticas, dos seriados de tevê, da moda. Havia, contudo, um vago indício de desconexão no tom robótico com que me incorporava ao uníssono dos sonhos. Por mais grandiosos e delirantes que pudessem ser — casar com um sósia do Brad Pitt, ter dinheiro para frequentar as discotecas da classe alta —, esses sonhos não me explicavam nem me convenciam de que a vida merecia ser vivida.

No nosso primeiro encontro, especulando a história de uma velha à meia-noite na rodoviária de Porto Alegre, eu descobria algo novo. Leona não se preocupava demais em ser compreendida. Em vez de transitar por áreas seguras e conhecidas, me chamava à conquista das terras inauditas, ao desmembramento das hipóteses, à exploração de pensamentos que não orbitavam o rigoroso astro da normalidade.

Eu descobria algo novo, isso era certo. Pensei que esse *algo novo* fosse a própria Leona, uma garota com interesses mais instigantes do que as pessoas com quem eu convivia. Por isso, nos anos que seguiram ao seu desaparecimento, procurei *alguém como Leona* em toda parte, nos homens com os quais me envolvi sexualmente e nas mulheres com quem estabeleci relações próxima à amizade, nunca muito duradouras e jamais imbuídas de propensões românticas. A verdade, porém, é que talvez esse *algo novo* sequer dependesse de *alguém como Leona*, mas da atmosfera daquele ônibus, que, para *alguém como eu*, era a única respirável. Fora dela, era a própria Charlie quem sufocava até desaparecer.

Era de Charlie que eu sentia tanta falta.

52.

Uma verdade óbvia, quando precisa ser explicada, nos constrange um pouco. Eu não poderia saber seu nome, seria estranho se soubesse; de qualquer forma, compreendia sua relutância em dizê-lo. Enquanto eu precisava lutar contra a tendência diminutiva do meu próprio nome, Leona correspondia inteiramente ao seu. Nenhuma fera ruge antes de se acercar o bastante da presa. Ela pisava manso, sondando minha confiança.

À porta do ônibus, vasculhando a mochila em busca da passagem, deixei que ela visse meu walkman. Superada a apresentação dos nomes, Leona quis saber o tipo de música que eu gostava de escutar. Eu não tinha muito conhecimento nessa área, mas percebi que a mochila dela tinha uma porção de bótons: Sex Pistols, Rolling Stones, The Cure, Joy Division. Eu não saberia citar três músicas de nenhuma dessas bandas, mas sabia que eram bandas de rock, então respondi que gostava de rock.

Ela franziu o cenho. Achei que tivesse suspeitado da minha fraude identitária. Me esforcei para lembrar nomes que não fizessem parte da constelação da sua mochila.

— Gosto dos Beatles, por exemplo — eu disse.

— Não imaginei — ela disse, apoiando as duas mãos no banco da frente e encostando o rosto no braço direito para me analisar sob uma nova perspectiva.

— Não imaginou o quê?

— Que tu ouvisse rock.

Fiquei em silêncio, torcendo para que o assunto terminasse por ali. Tentei desviar a conversa para o campo das hipóteses e das impressões, onde, horas atrás, tinha me saído muito bem imaginando as motivações e os destinos das pessoas na rodoviária.

— O que tu imaginou? — perguntei, inclinando um pouco o rosto.

— Sobre teu gosto musical?

— É. Eu tenho cara de quem gosta do quê?

Ela afinou a voz, colocando a mão sobre o peito:

— De tudo que toca na novela.

Esse ataque repentino não me permitiu conter a expressão ofendida.

— Nem vejo novela — respondi, como se falasse para a estrada escura do outro lado da janela.

Leona sorriu e balançou os cabelos que roçavam nos ombros. Ao longo daquele ano, o comprimento chegaria até a metade das costas.

— Eu implico com quem vê novela. Mas é só de brincadeira. Pode ver novela.

Eu também implicava um pouco com novela. O bem contra o mal, a felicidade do mocinho e da mocinha se casando no último episódio.

— Não vejo, acho idiota — eu disse. — É sempre a mesma coisa.

— As pessoas deveriam ver mais filmes — disse Leona, como se o cinema fosse uma resistência natural à popularidade das telenovelas.

Fiz que sim, embora, na época, meu conhecimento de cinema não fosse muito além das dublagens da tevê aberta, dos blockbusters e de meia dúzia de filmes premiados pelo Oscar.

— Deixa eu ver teu walkman?

Puxei a mochila que eu havia comprado no começo do ano com o dinheiro do estágio. Era um modelo de estampa floral, toda em tons de rosa. Dava para entender por que ela, vestindo roupas escuras e carregando uma mochila crivada de bótons de rock, tinha pensado que eu era uma fã de novelas.

— Minha mãe me deu essa mochila de natal.

— É bem bonita. A minha já tá toda detonada — ela disse, chutando a mochila preta aos seus pés. — Mas eu gosto assim, detonada.

Entre materiais de aula e peças de roupa que eu tinha enfiado lá dentro, não consegui localizar meu walkman.

— Não tá achando? — ela perguntou.

— Não. Será que caiu quando fui pegar a carteira com a passagem?

— Sem chance. A gente teria visto.

— Pois é. Mas a gente tava tão distraída conversando.

— Eu teria visto. Nunca perco nada.

No momento em que terminou de falar, fisguei um fone de ouvido lá no fundo.

— Ah, tá aqui. Foi lá pra baixo.

Tentei puxar, mas não quis danificar o fio, que tinha se enrolado à espiral de um caderno. Eu me sentia patética, confusa e atrapalhada diante daquela garota que parecia guardar um juízo cáustico sobre o restante do mundo. *Tudo o que não era Leona e que, por isso, não prestava.*

Puxei o caderno para fora. Enquanto desenrolava os fones, Leona se abaixou para pegar um objeto que havia caído no chão do ônibus e então minha visão periférica compreendeu o que emergia da zona escura.

53.
Sirvo uma taça generosa de um merlot bastante encorpado. Uma onda vermelha se sobreleva até a borda e enfim

se acomoda no fundo do cristal. Coloco castanhas num pires e acrescento alguns damascos ao lado. Com as pernas encolhidas sobre o sofá, dou um play no próximo filme da lista: *A árvore da vida*, vencedor da Palma de Ouro no Festival de Cannes. Enquanto ignoro o versículo da Bíblia que serve de preâmbulo à história, me ocorre que uma mulher da minha estatura e da minha idade não deveria se encolher como uma adolescente entediada no sofá.

Desde o começo, sei que vou detestar o filme. Vou achá-lo vazio e pretensioso, vou execrar a opinião dos amigos de Felipe que, durante um jantar numa cobertura da zona sul, disseram que era profundo, belíssimo, poético, transcendente. Descreveram a história como *uma jornada espiritual*, todos aqueles engenheiros se esforçando para ostentar alguma sensibilidade artística, como também fazem os advogados com quem trabalho quando tentam enxertar citações filosóficas e literárias nas suas peças processuais, sempre de maneira artificial — Nietzsche ou Fernando Pessoa irrompendo em meio a ementas e dispositivos de lei. Quanto a Felipe, ele sequer tenta se passar por apreciador de qualquer arte. Costumava repetir que essa era minha área — embora não seja, já que sou formada em direito — e que gostava apenas de ler calhamaços biográficos de homens bem-sucedidos, como Steve Jobs, Winston Churchill, Assis Chateaubriand, Luiz Barsi, Barack Obama, Warren Buffett. Desses livros absorvia lições específicas, como aprender a administrar nossas finanças e multiplicar o dinheiro de modo a nos garantir um padrão de vida acima do que seria esperado pela soma dos nossos salários. Felipe não incorporou, contudo, o arrojo criativo de Jobs e Chateaubriand, a oratória envolvente de Barack Obama, o carisma de Churchill. No início do casamento, me acompanhava ao cinema e raramente discordava das minhas impressões sobre os filmes que assistíamos. Seu favorito era *Um sonho de liberdade*, que só tinha visto uma vez, e não sei explicar por que isso me irritava tanto.

Agora, Felipe deve estar fodendo com a vizinha do 301. Sei muito bem o que farei nos próximos instantes, deixando *A árvore da vida* rodar à revelia da minha atenção enquanto pego a chave e saio de casa, fechando a porta atrás de mim e pisando macio sobre um par de pantufas.

54.
Vi Leona fisgar uma calcinha que eu havia enfiado na mochila junto com algumas roupas desbotadas que pretendia deixar no interior. Ela precisou de algum esforço para decifrar, em meio à iluminação frugal do ônibus, os ursinhos que estampavam o tecido lilás.

— Falei que nunca perco nada — ela disse, enquanto me apresentava uma das melhores versões do seu sorriso debochado.

Larguei a mochila e tirei depressa a calcinha dos seus dedos, esgaçando um pouco o elástico.

— Tô levando umas coisas pra doar.

O sorriso de lábios fechados continuava intacto no seu rosto.

— Essa calcinha é ridícula — me apressei em dizer, amassando bem para que o tecido ocupasse o menor espaço possível dentro da minha mão.

— Por quê? — perguntou Leona.

— Os ursinhos — respondi, enfiando a peça na mochila. — Ganhei de natal.

Na verdade, eu tinha comprado um ano antes.

— Eu achei uma graça — disse Leona. — É bonita e combina contigo.

Demorei algum tempo encarando o fundo escuro da mochila, segurando o fecho metálico entre o polegar e o indicador. Leona tinha feito questão de acrescentar a palavra *bonita* antes de afirmar que *combinava comigo*.

— Eu não uso esse tipo de calcinha — respondi, fechando de vez o zíper e desistindo de pegar o walkman.

— E que tipo de calcinha tu usa? — ela emendou.

Não é o tipo de pergunta que se espera de alguém que você conhece há menos de uma hora. Dessa pessoa você também não espera que esteja sentada ao seu lado dentro de um ônibus vazio por volta de uma hora da manhã.

Meu coração disparou. Acho que esse foi o primeiro disparo. Leona já havia assumido a função que lhe caberia até o fim: ditava as regras e conferia ritmo ao novo universo. Nossas coxas se tocavam. Embora eu não conseguisse lembrar que calcinha tinha escolhido ao me arrumar para a aula da noite, sentia o tecido contra o meio das minhas pernas, os músculos internos se contraindo na tentativa de represar uma onda vibrante.

Apenas ri. Leona balançou um pouco os ombros, como se achasse bobo o meu constrangimento ao falar de uma simples calcinha. Mas não era bem a calcinha que me deixava constrangida.

Contornando aquele embaraço, ela se ergueu para acomodar sua mochila no banco da frente. A mochila escorregou pelo assento e caiu com um estrondo no chão.

Leona colocou as mãos na cintura, disse *merda* e perguntou se eu queria alcançar a minha também. Entreguei minha mochila florida e agradeci. Enquanto ela arrumava nossas coisas, aproveitei para afastar depressa o cós das minhas calças. Pensando no meu guarda-roupa, havia cerca de quarenta por cento de chance de eu estar usando uma calcinha interessante.

— De renda preta — eu disse.

Ela não chegou a sentar; estancou na metade do movimento, com a cabeça um pouco inclinada para trás e a boca entreaberta. Parecia reconsiderar coisas muito importantes e profundas a meu respeito.

— Calcinha de renda preta — repetiu, movendo devagar a cabeça para cima e para baixo. — É mesmo?

— Quer ver? — perguntei, levando a mão à lateral da cintura, desafiando sua descrença.

Leona voltou a sentar, seguindo com os olhos meu movimento. Puxei para baixo o cós das calças, revelando parte do quadril, uma tira rendada e um retângulo de tecido preto. Queria que ela soubesse o quanto meu corpo era bonito. Alternei a atenção entre aquela faixa de pele íntima e seu rosto. Na outra pista, algum veículo lançou um feixe de luz sobre seus lábios úmidos, que brilharam.

— Tu tem um sinal aqui.

No instante em que senti seus dedos me tocando, investigando a textura daquela marquinha na pele, quis que sua mão avançasse, ultrapassando a fronteira da cintura. Ergui um pouco o quadril e deixei escapar um suspiro baixo, uma fração de voz no âmago da garganta, um desejo do qual Leona, a julgar pelo que aconteceria na sexta-feira seguinte, já desconfiava.

55.

Desço as escadas de concreto com passos cuidadosos. O sensor de movimento acende a luz. Chego ao terceiro andar e me aproximo da porta do 301. Procuro identificar a voz de Felipe em meio às conversas que vêm do apartamento de Laura. O corredor escurece. A suave embriaguez e o tédio da noite de domingo ofuscam qualquer centelha de ciúme que possa existir na minha conduta. Claro, há também certa curiosidade mórbida em descobrir com quem anda trepando o homem que foi meu marido nas últimas décadas, se alguma mulher é capaz de se atrair pelo seu estilo preguiçoso e, de certa forma, inofensivo. Talvez a maior qualidade de Felipe seja também a raiz da sua monotonia, pois, se Deleuze estiver correto, e penso que está, o verdadeiro charme das pessoas reside no grão de loucura que carregam, no ponto em que perdem as estribeiras, e alguém que nunca dá a ver seu delírio — seja porque o erradicou, seja porque o reprimiu — é indigno da paixão. Felipe sublimou mal sua loucura, preferiu armazená-la no pen drive branco sob a forma de pornografia abjeta.

A certeza de que ele estaria ali desaparece conforme identifico apenas as vozes da televisão dentro do apartamento da vizinha. Um desapontamento muito grande se transforma em algo mais grave, como se esse simples equívoco colocasse em risco uma série de antigas convicções. A falha num único experimento de repente ameaça toda a teoria de que Leona é Tom Lennox.

56.

Em fevereiro de 1992, uma mulher com uma ferida herpética nos lábios pintados de vermelho me informou, através de um microfone, que o semidireto da meia-noite de sexta-feira, com destino a Venâncio Aires, não existia mais.

— Eu pegava ano passado.

— Mas não sai mais. O último horário agora é às vinte e duas.

— A senhora pode conferir?

— Já conferi. Último horário. Vinte e duas horas.

Foi assim que o ônibus onde conheci Leona também desapareceu.

De qualquer forma, já não fazia o menor sentido viajar tarde da noite, considerando que eu podia me liberar do escritório bem mais cedo. Ainda assim, ao longo daquele ano, na esperança de encontrar Leona, devo ter insistido no horário das vinte e duas horas de sexta-feira uma dúzia de vezes. Também circulei junto aos prédios da comunicação, bebendo dezenas de cafés aguados no bar da faculdade de jornalismo. Procurei seu nome nas páginas dos periódicos porto-alegrenses e até mesmo na Folha do Mate, a pequena publicação jornalística da região de Venâncio Aires. Achava que Leona poderia começar sua carreira em algum desses jornais, embora eu estivesse certa de que, no futuro, ela seria o tipo de jornalista que escreve matérias mais intensas, cheias de potência investigativa e rompantes literários.

No fim, comecei a frequentar os cinemas de Porto Alegre. Desenvolvia diálogos mentais em que tentava reproduzir as críticas de Leona aos filmes, esquadrinhava as cenas à procura dos detalhes que o olhar dela — não necessariamente o meu — descobriria. Pouco a pouco, nossas perspectivas se tornaram indissociáveis, automatizei as supostas percepções de Leona e as tornei minhas. O mais perto que cheguei de esquecê-la foi a supressão dessa dualidade imaginada, eu e ela, minha presença e sua ausência. Quando encontrava Leona em algum modo de caminhar, em alguma voz, em algum trejeito, andava na direção do seu simulacro com a respiração suspensa e os pensamentos aflorando em borbotões de possibilidades, apenas para ver se dissolverem todas as expectativas de um reencontro.

57.

Em 1998, conheci Felipe num curso rápido de computação que durou três tardes de sábado. Sentamos lado a lado por acaso e formamos duplas nas atividades propostas. Fizemos piadas maldosas sobre o professor, cujo tique consistia em virar a cabeça com gestos bruscos. Quando ele ia ajudar algum dos alunos, eu e Felipe virávamos o rosto um para o outro daquele jeito ríspido, às vezes ao mesmo tempo, e não fazíamos muita questão de conter as risadas.

Eu não saía com ninguém há um bom tempo, e nossa parceria tornou divertidas as três aulas monótonas. Pensei que poderia funcionar pela vida inteira.

— Que merda é essa? — eu perguntei, puxando a manga da camisa de Felipe.

Várias janelas de erro se acumulavam na tela do meu Windows 95. Sempre tive dificuldade em obedecer as etapas lógicas de qualquer tarefa, preferindo atalhos que eu mesma inventava, de modo que aquele era apenas o resultado da inobservância do passo a passo recomendado pelo professor.

— Meu deus — disse Felipe. — O que tu fez aí?

— Puta que pariu — eu disse, enquanto mais e mais mensagens se sobrepunham no plano de fundo celestial.

Comecei a apertar várias teclas ao acaso. — Eu devo ter feito alguma coisa muito errada.

— É mesmo? — disse Felipe, rindo. — Tu acha mesmo?

— Sério, o que aconteceu? Estragou?

— Eu não tenho a menor ideia.

Felipe rapidamente desligou minha tela quando o professor se aproximou, atraído pelas nossas risadas.

— Algum problema? — ele perguntou, e um tique histórico dobrou sua nuca para o lado oposto.

Eu perdi o controle, o bom senso e a educação, iniciando um processo descarado de contenção de gargalhadas. Tentando me encobrir, Felipe se dirigiu ao professor, que, após se recuperar do tique, nos olhava com raiva.

— Sem querer apagou tudo aqui no computador dela.

— Preciso ir ao banheiro — eu disse, escapando pela porta da sala.

Quando voltei, alguns minutos depois, encontrei Felipe concentrado na sua tarefa. Admirei seu rosto de perfil, os cabelos encaracolados, o nariz comprido e reto, os lábios finos. Na tela do meu computador, restava apenas uma janela aberta. Nas letras miúdas do bloco de notas, estava escrito *alguém nessa sala quer te convidar para sair*.

— E ele não tem coragem? — perguntei, me virando para Felipe.

— Oi? — ele disse, inclinando um pouco o rosto.

— Essa... pessoa. Não tem coragem de me convidar?

— Ele?

Felipe esticava a cabeça na direção do professor, que, do outro lado da sala, roía as unhas.

— Ah, é ele que quer me chamar pra sair?

— Sinto muito — disse Felipe, comprimindo os lábios.
— Acho que ele tem medo de ouvir um não.
— Diz pra ele que eu dificilmente recusaria um cinema.

Olhamos para o professor, que continuava roendo as unhas com fúria, alheio às conversas que pululavam na sua sala de aula.

— Sabe que eu acho que ele toparia um cinema?
— Ótimo. Pena que ele vai perder algumas cenas. Sabe, por causa dos movimentos... — virei a cabeça de leve. Felipe demorou um pouco para entender minha piada, então riu.

— Me passa teu telefone? Daí eu passo pra ele no fim da aula.

Anotei meu número na parte interna do braço do meu futuro marido. As veias azuis serviam como as linhas de um caderno escolar.

Naquela mesma noite, ele telefonou e combinamos de ver *O show de Truman*.

58.

Encontrei Felipe sentado em frente à bombonière do cinema, com as pernas cruzadas, lendo um folheto das próximas estreias. No Oscar de 1999, ficaríamos indignados, estarrecidos e revoltados ao saber que *O show de Truman* não havia sido sequer indicado à categoria de melhor filme. Demorei a constatar que ele se limitou a aderir a uma indignação inteiramente minha.

Percebi que Felipe escolhia bem suas roupas. Usava calças jeans mais justas e uma camisa que dava a impressão de ter sido passada algumas horas antes. Durante o filme, enquanto nos beijávamos, coloquei a mão no volume entre suas pernas. Gostei de senti-lo endurecer sob meu toque.

Depois, saímos para jantar. Conversamos sobre o filme, os nossos empregos, as nossas poucas experiências com drogas ilícitas. Eu estava com vinte e nove anos, ele com vinte e sete. Dividimos uma massa com molho branco e escalopes de filé. Ele não tentou me explicar o funcionamento da economia global, tampouco descreveu como os engenheiros projetavam as pontes. Quando a conversa chegou aos 3 a 0 da derrota do Brasil para a França na final da Copa do Mundo daquele ano, eu disse que não me importava com futebol. Não entendia como as pessoas depositavam suas esperanças, frustrações e alegrias num resultado que só dependia do esforço e da competência de uma manada de milionários.

— A torcida empurra o time, faz sua parte, joga junto — disse Felipe, depois de concordar que o orgulho de uma nação inteira não podia mesmo depender do sucesso em um esporte.

— Tu tava lá? — perguntei, alinhando os talheres no canto do prato.

— Lá onde?

— Na França. Em julho.

— Na Copa do Mundo? Não.

— Então tu não fez nada pra impedir a derrota, meu bem.

59.

Leona afastou a mão do meu quadril e eu voltei a puxar a cintura da calça para cima. Seu sorriso perdeu o traço de ambiguidade, indicando apenas que ela estava muito animada com alguma nova constatação.

— Agora eu entendi.

— Entendeu o quê? — eu disse, realinhando a postura junto ao encosto do banco.

— O que faz teu tipo.

Cruzei os braços e me encolhi um pouco contra a janela.

— Teu tipo de música — ela completou. — Acho que captei.

Leona estalou os dedos no ar. Eu não conseguia acompanhar aquelas transições repentinas de assunto. Passei os dedos pelo vapor acumulado na janela, desenhando um jogo da velha.

— Semana que vem tu pega esse ônibus de novo? — ela perguntou, se debruçando sobre mim e se antecipando para assinalar um xis na casinha central do jogo. Senti seu seio pequeno comprimido contra meu ombro e recuei um pouco.

— Acho que sim — respondi, com a voz mais baixa e trêmula do que gostaria. — Provavelmente.

— Ótimo. Quero te trazer uma coisa.

— Que coisa?

Marquei uma bolinha no jogo da velha.

— Sério?

Na mesma linha da minha marcação, Leona desenhou um xis. Dessa vez não me afastei. Sob a blusa preta e justa, tive certeza de que ela não usava sutiã.

— Sério o quê?

Me limitei a colocar uma bolinha no único lugar que não me levaria à derrota.

— Tu pensa que eu vou contar? E correr o risco de não te ver mais?

Não consegui conter um sorriso.

— Por quê? É um presente ruim? Uma revista de fofoca de novelas?

— Não. Claro que não. É uma coisa magnífica — disse, com um gesto expansivo das mãos.

Fiquei me perguntando se aquilo significava um presente grande. Eu não queria parecer curiosa, portanto, não insisti. Reencontrá-la na sexta-feira seguinte era a única informação que eu precisava. Outra vez, seu seio tocou meu ombro; o tom da sua pele — sobretudo a cor terrosa dos lábios — sugeria mamilos castanhos e pequenos. Eu confirmaria essa suspeita ainda naquele mês de março.

— É óbvio como isso vai acabar — ela disse, apagando o jogo com a mão antes de marcar o xis que me derrotaria.

60.

É óbvio como isso vai acabar. Eu me lembraria dessa frase uma porção de vezes ao longo da vida, mas, ao contrário de Leona, sempre cheguei ao fim. Sempre fiquei para testemunhar as ruínas.

Depois de sondar a porta da vizinha e concluir que Felipe não estava lá, voltei para o meu apartamento, bebi dois copos d'água e deixei outro na mesa de cabeceira, ao lado da cama, para beber durante a noite, evitando começar a segunda-feira de ressaca, ciente de que precisaria participar logo cedo de uma audiência de conciliação. Antes de dormir, conferi a hora no celular — uma e trinta e nove — e pensei que me esqueceria da existência do copo d'água, derrubando na próxima vez que consultasse a hora. Agora, com os pés descalços, cumpro a minha profecia, catando os cacos maiores e enrolando no caderno esportivo do jornal, mesmo sabendo que Felipe costuma ler essa seção antes de todas as outras.

Ele voltou para casa e apenas encostou a porta da sala de tevê onde dorme: a porta entreaberta, à espera.

Sempre dormiu mais pesado — mais em paz — do que eu. Os barulhos que me despertam precisam ser multiplicados entre dez e quinze vezes para perturbar o sono de Felipe. Se tivéssemos um filho, eu acordaria sempre antes e voltaria a dormir sempre depois. Não tivemos filhos, mas telefones tocando muito cedo, vizinhos desrespeitando o horário de silêncio, alarmes de carro disparando na madrugada, vendavais, objetos caindo e quebrando, janelas abertas durante tempestades. Sempre eu acordando, sacudindo meu marido pelos ombros, assistindo o seu despertar gradual, calmo, alheio ao medo da morte, da violência urbana, das intempéries, das catástrofes, do fim do mundo.

Nos primeiros anos, eu resolvia tudo sozinha. Fechava as janelas, juntava os enfeites estilhaçados, conferia se as portas estavam bem trancadas, atendia telefonemas inoportunos, ligava para a portaria me queixando da música, do liquidificador, da furadeira ou do vizinho de cima pulando corda, pulando amarelinha, pulando por qualquer motivo, mas pulando sobre o teto de alguém que, dentro de três horas, precisaria trabalhar. Depois, achei que Felipe precisava atender os telefonemas, se indispor com os vizinhos, lidar com as tempestades e temer os bandidos comigo. Passei a acordá-lo, mesmo que seu longo período de desorientação me irritasse ainda mais do que seu sono incorruptível. Numa madrugada, enquanto o vendaval ameaçava detonar todos os enfeites da sala, pedi que levantasse para fechar as janelas. Resmungando palavras desconexas, ele enfim saiu da cama e arrastou seus chinelos até o banheiro, onde mijou com tranquilidade. Felipe nunca conheceu a urgência.

Agora eu posso entrar no seu dormitório improvisado, circular por ali e observá-lo à vontade, sabendo que apenas o quinto ou sexto toque do seu despertador — que deve soar dentro de duas horas — será capaz de acordá-lo. Posso tossir, bocejar, derrubar qualquer coisa. O sofá-cama tem uma inclinação estranha e me pergunto se Felipe desperta com formigamentos. Até que ponto alguém se acostuma aos colchões duros, às refeições insípidas, aos casamentos hostis, às vidas quase infelizes?

Sento sobre uma almofada caída ao lado do sofá-cama. Se Felipe acordasse agora, eu diria que precisávamos conversar e escolheria de improviso qualquer um dos tópicos sobre os quais deveríamos mesmo conversar — sua mudança, o divórcio, a vizinha do terceiro andar ou sua coleção perturbadora de pornografia. Estendo o braço e afasto com delicadeza o cobertor. A ereção de Felipe sob o tecido do pijama me faz querer capturá-lo dentro de um insondável sonho erótico, cujas possibilidades começo então a imaginar, fantasiando sobre a fantasia, num labirinto de desejos avessos e imagens cruzadas.

A passividade de Felipe diante das minhas escolhas contribuiu para que essa relação sobrevivesse até aqui, mas também decretou seu fracasso. No começo, ele assumiu alguns dos meus gostos e interesses, forjando uma proximidade agradável entre nós; frequentávamos o cinema juntos, dividíamos bons vinhos, assistíamos documentários sobre serial killers e teorias conspiratórias. Ele sempre respeitou as fronteiras que eu estipulava em torno do núcleo inviolável da minha intimidade — aceitava que eu permanecesse um dia inteiro em silêncio e ouvia minhas insurgências acerca de temas delicados, sobre os quais ele não ousava opinar. O mundo aceitava Felipe como ele era, e Felipe aceitava o que o mundo oferecia. Ele não tinha motivo nenhum para querer mudanças. Estava satisfeito e só queria continuar satisfeito.

Admitia que eu me recolhesse às nove horas da noite de um sábado com um livro, uma taça de vinho e um prato de aperitivos, deixando-o solitário com os programas da tevê. Não questionava minha indisposição para oferecer jantares em casa e me portar como uma boa esposa perante seus amigos. Encontrava toda a socialização que precisava no futebol das quintas-feiras e no happy hour com o pessoal do trabalho. Quando eu queria sair para jantar num bom restaurante, experimentando várias cervejas artesanais do cardápio, ele me acompanhava, bebia, ria comigo. Quando eu parecia não querer companhia nenhuma, ele se afastava, ocupado com seus próprios interesses.

Aos poucos, contudo, o fato de Felipe estar *sempre satisfeito* se tornou o principal motivo da minha insatisfação. Ele se submetia às minhas vontades, mas não para preservar um sentimento que valorizava acima de tudo; ele se submetia para se preservar numa estabilidade que valorizava acima de qualquer sentimento.

No íntimo, eu continuava esperando. Esperava que algo grande voltasse a acontecer na minha vida. E Felipe não podia ser, nem de longe, esse grande acontecimento. Ele representava o exato oposto — a grande dilação.

Décadas depois de Leona, parece impossível que nada de extraordinário tenha interceptado minha história. Por motivos ignorados, a ereção solitária de Felipe sob o tecido fino do pijama me faz sentir culpada. Seu ideal de felicidade consiste nos breves gozos sensoriais que intercalam um longo marasmo cotidiano. Sou eu quem precisa de grandes significados para a vida, sou eu quem não descobre a felicidade nos lugares-comuns. Era óbvio que acabaria assim.

61.

A intimidade dos corpos, não o amor. O costume, não o amor. A convivência, não o amor. Eu não quero ele de volta, não sinto por ele nem mesmo um amor fraterno, um amor medíocre, um amor doméstico. Sei que qualquer tentativa de recompor nosso casamento reacenderia minha raiva, meu asco, minha vontade de puni-lo por tudo aquilo que não fui, pelo desaparecimento de Leona.

Talvez eu queira apenas reafirmar meu domínio antes de abandoná-lo. O mesmo gesto de quem ordena à liberdade um pássaro habituado ao cativeiro, pegando com cuidado na palma da mão e fechando a gaiola.

Agarro o pênis de Felipe por cima do pijama e o sinto intumescer dentro da minha mão.

62.

Tomamos um desvio na estrada. A primeira viagem se aproximava do fim.

— E por que direito? — perguntou Leona, levantando o corpo para içar sua mochila do banco da frente.

O espaço ondulava; eram os cabelos dela se movendo na semiescuridão, seus dedos compridos transpondo aquele pedaço vagamente palpável de noite. Eu tentava elaborar uma resposta que demonstrasse o quanto o direito dizia pouco a meu respeito; não queria ser mais um dos burocratas das normas, dos seguidores de ritos. Leona era a própria ruptura desse mundo.

Ela se atirou de novo ao meu lado e abriu um dos bolsos da mochila. Não estava disposta a insistir no assunto; todo o interesse que devotava à minha formação acadêmica se exauriu em uma única pergunta. Talvez eu nunca encontrasse outra chance de demonstrar meu desdém pelas leis que pautavam a realidade lá fora, pelos códigos que reduziam a vida a um trâmite burocrático, pelos padrões que transformavam as potências únicas de cada indivíduo numa frequência uniforme e abstrata.

— Direito é o que fazem as pessoas que não sabem o que fazer — respondi.

Leona tirou da mochila os óculos de grau com grandes aros pretos e colocou no rosto. Havia algo anacrônico, ao mesmo tempo moderno e antiquíssimo, no seu jeito. Pessoas como Leona devem nascer meia dúzia de vezes a cada milênio, apresentando pouca ou nenhuma coerência com o tempo e o espaço onde surgem. Suas ideias não dependem muito das circunstâncias históricas e sociais. Elas atravessam incólumes os uníssonos, as multidões, os costumes locais, as modas, os consensos.

As desgraças. As paixões.

Os óculos de Leona não transformavam apenas sua fisionomia: mudavam as próprias circunstâncias. Eram indício de que algo ao nosso redor precisava de uma observação mais atenta ou de que algum assunto muito sério exigia sua melhor leitura. Ela falava menos, muito menos com eles; se enchia de mistério e de uma beleza magnética.

A princípio, pensei que não tivesse me escutado. Girou a cabeça para os dois lados, perscrutou a estrada através dos vidros, se ergueu para examinar as duas extremidades do ônibus. Tirou os óculos, limpou as lentes na barra da camiseta e voltou a colocá-los. Só então me dedicou a agudeza dos seus olhos. Outra vez baixei o rosto.

—Quem não sabe o que fazer acaba fazendo como todo mundo — ela disse, e sua voz grave e calma percorreu cada sílaba antes de se transformar numa navalha a degolar as palavras que se embolavam na minha garganta.

As luzes dos postes atravessavam a janela, rolando sobre meu colo. Entrávamos na área residencial de Mariante. A melancolia das duas horas da madrugada se misturou à sensação de que, no somatório de todos os minutos daquela viagem, Leona havia se desiludido comigo. Achei que não voltaria na próxima sexta-feira. Achei que eu nunca saberia qual presente secreto me aguardava.

Senti sua mão envolvendo meu pulso. Agora as luzes rolavam também sobre seu braço, rebrilhando nos anéis metálicos:

— Charlie, tá chegando no meu ponto. Nos vemos semana que vem?

Achei Charlie um apelido estranho e bonito. Não havia tempo para dizer mais nada. Virei um pouco o rosto. Ela me beijou no canto da boca. Um beijo ambíguo, aquele beijo no escuro.

— Até semana que vem — respondi.

E então comecei a esperar pela semana seguinte.

63.

Acompanho as fisgadas simultâneas do tecido do pijama e do rosto de Felipe. Suas pálpebras continuam fechadas. Tento pensar no que direi quando ele acordar e me vir de joelhos ao seu lado, manuseando-o para cima e para baixo enquanto me esfrego devagar na almofada que tenho entre as pernas. Quando penso que devo parar, sair dessa sala e ir para o trabalho, a culpa e a excitação me tragam numa onda irresistível, fazendo com que eu me esfregue na almofada com mais força, acelerando o movimento da minha mão direita ao redor do pênis nem grande, nem pequeno que emerge pelo cós das calças do meu ex-marido cem por cento mediano. Me concentro, então, na cabeça vibrante, no ponto infinitamente escuro onde desemboca a uretra, um canal exclusivo para a evasão, para a desistência, para o desperdício inevitável de milhões de cromossomos X e Y nas fibras brancas dos lençóis, no fundo vítreo dos sanitários, no látex dos preservativos, nos retos de homens e mulheres, nas mesas de escritório, nas piscinas, nas meias esportivas da Nike, nos ralos dos chuveiros, nos umbigos, nas coxas, nas línguas, nas gargantas, nas vaginas, nas calcinhas, no peito de Felipe que, amparado pelas duas mãos, ergue-se, gemendo, os olhos tão embaciados quanto a porra que também lhe atinge, em jatos descontínuos, a base do pescoço.

Ainda fricciono algumas vezes para a frente e para trás sobre a almofada, mas a extensão derrotada logo acima do abdome de Felipe já não me inspira. Restam seus olhos absortos, gratos, sonolentos, assustados, eu não sei, ele não pergunta, fica em silêncio, toda a energia drenada de si.

Eu me levanto depressa, jogando a almofada sobre ele. Quase alcanço a porta sem que nenhuma pergunta me persiga, até que o escuto dizer meu nome com uma sutil curvatura de interrogação ou espanto.

Com a palma da mão sobre a maçaneta gelada, sinto o líquido enrijecer na pele. Viro um pouco o rosto, não o bastante para conseguir vê-lo. Consigo escapar e me tranco no lavabo do corredor para ensaboar as mãos.

64.

Depois da audiência da manhã, devoro um cachorro-quente na rua e me dirijo ao escritório, onde passo um café na copa, redijo uma contestação, me encarrego de burocracias miúdas, soluciono querelas tecnológicas e discuto casos mais complicados. Trabalho com uma avidez que flerta com a impertinência, oferecendo ajuda e assumindo tarefas que não me competem, valorizando em excesso o emprego que se interpõe à hora em que precisarei retornar ao apartamento onde, pela manhã, invadi os sonhos pornográficos do meu ex-marido.

Cada vez que a lembrança retorna, parece mais sórdida. Não por causa do ato, mas pelo prazer que me impediu de evitá-lo. O líquido branco escorrendo pela minha mão, o pen drive branco no qual Felipe guarda seu acervo de pornografia envolvendo peixes e cavalos. Não assisti os vídeos até o fim, não vasculhei os arquivos digitais dele e cheguei mesmo a percorrer todas as etapas morais cabíveis, entre o nojo e a estranheza. No fim, encontrei um meio dissimulado de extrair prazer daquelas cenas, de usar a perversão em meu benefício.

Perto das sete horas da noite, todos desligam suas telas, tampam as canetas Bic, chacoalham as chaves dos sedans e vão embora. Hoje as luzes são minhas, ou seja, terei de apagá-las. É sempre inquietante ser a última a sair de um espaço projetado para o convívio, com salas de reuniões, poltronas de couro, balcões de atendimento e ilhas de computadores. Deveria existir um profissional capacitado para ser o último, um último de carreira, com adicional de atividade penosa, encerrando as atividades diárias de lugares tão complexos quanto supermercados e shopping centers. Saio depois das oito, não por ter resolvido todas as pendências — elas nunca terminam —, mas por ter chegado à pane do meu raciocínio: o meu nirvana pessoal.

Ao volante do meu próprio sedan, com as luzes do tráfego rolando sobre o inesgotável tapete de betume, experimento a plenitude que os dias de meditação nunca me proporcionaram. Para certas pessoas, a imperturbável serenidade da mente talvez não advenha de algum processo depurativo das toxinas mundanas. Combinando doses extremas de desejo, repulsa, cansaço e desilusão, obtém-se o efeito devastador de um esgotamento que também implica desterrar as emoções e renunciar à matéria. Com o sapato acariciando o acelerador, escolho trajetos improváveis, escuridões imprudentes, roçando nos becos e nos morros: renuncio ao medo, à carne e à armadura de metal semovente que a envolve. O infarto agudo em que consiste o pulso vital do capitalismo não difere tanto das respirações budistas, na medida em que Steve Jobs e Sidarta Gautama querem nos livrar da mesma angústia através de métodos radicalmente opostos. Temos de lidar, ou ao menos fingir que lidamos, com a insignificância e a finitude, e somos todos testemunhas do ridículo estado uns dos outros, o que nos torna cúmplices obrigatórios, por isso os suicidas eram enterrados nos fundos dos cemitérios, por isso o homem do ônibus precisou invadir um universo à parte — meu e de Leona — para realizar o ato incapaz de gerar sanções, exceto aquela de restar para sempre à margem dos noticiários, o que, a bem dizer, já não importa aos mortos.

Encaixo meu sedan prata ao lado do sedan branco de Felipe e atravesso a garagem. Canos vermelhos e amarelos vascularizam o teto. Lâmpadas automáticas saúdam minha passagem, detectam meu avanço, mais conscientes do meu corpo do que eu mesma. Gostaria de agradecê-las — obrigada por notarem, muito obrigada pela deferência —, afinal, os sensores de movimento e os médicos são os únicos autorizados a separar os mortos dos vivos.

65.

Dentro do apartamento, sou refém de duas possibilidades: Felipe querendo conversar sobre o acontecimento da manhã, Felipe fingindo que nada aconteceu. Lavo as mãos na torneira da cozinha, preparo às pressas um sanduíche, encho uma garrafa de água mineral e carrego tudo junto com um tubo de mostarda para dentro do quarto, arranjando o jantar ao redor do notebook.

Você quis dizer: Tom Lennox Revista Barlavento. Retiro o farelo de pão que emperrou a tecla de espaço e percorro os resultados habituais. Tom Lennox é o personagem de uma série de ficção e também o CEO de uma empresa de Vancouver chamada TenantPay. Tom Lennox é um vegetariano de Michigan, um DJ londrino. Nada sobre ser Leona. O site da Revista Barlavento traz algumas prévias de reportagens e um único e-mail para contato, que, com uma caneta de ponta vermelha, anoto em caligrafia cursiva sobre a capa da última edição.

Enquanto mastigo um naco do sanduíche, navego por páginas aleatórias, registrando no histórico do computador aquilo que os psicanalistas se esforçam para extrair do subconsciente. Anúncios de cremes anti-idade, as transformações do corpo após a menopausa, compreenda a libido feminina, benefícios e riscos da reposição hormonal, conheça os principais tipos de perversão sexual, o macabro caso de necrofilia de Carl Tanzler.

Assim gasto horas.

66.

Na sexta-feira da nossa segunda viagem, tive quarenta minutos de espera para me convencer de que Leona não apareceria. Antes de vê-la andar muito depressa sobre o piso imundo da rodoviária, com uma camisa de flanela amarrada à cintura, elenquei tudo o que poderia ter me feito fracassar no rigoroso processo de triagem pelo qual Leona selecionava as pessoas que valiam uma segunda viagem. Considerando que, na primeira, eu calçava tamancos e tinha deixado cair da mochila uma calcinha com estampa de ursinhos, ela não estaria sendo tão injusta ao me pôr de lado.

Cinco minutos antes do embarque, Leona apareceu na plataforma. A distância me dava alguns segundos de vantagem, enquanto ela espremia os olhos míopes sem me enxergar. Fiz e desfiz um sorriso e então quis fingir que estava distraída, mas já era tarde para isso; ela abria um sorriso do tipo que se mostra inteiro, jogando a cabeça um pouco para trás e passando o braço direito por dentro da alça da mochila, decidindo que nos abraçaríamos, também inteiras, num gesto que, visto de fora, sugeria uma amizade com anos de saudade, mas que, experimentado de dentro, significava muito mais, urgência, ansiedade, desejo, Leona comprimindo seu corpo contra o meu e me fazendo saber que ela nunca usava sutiã, correndo a mão pelas minhas vértebras e a contendo a um palmo do final das costas, mas é claro que, no subtexto do abraço, o movimento chegou mais longe.

67.

Respire, o cérebro acordou antes do corpo e logo retomará o domínio dos músculos. Isso costumava ocorrer com frequência por volta dos seus quinze anos, nos domingos à tarde, quando você deitava após o almoço e dormia até o crepúsculo, acordando paralítica e desorientada na cama da casa dos seus avós, sob uma imagem da Ave Maria. É terrível pensar nisso, mas talvez você esteja há mais de três décadas atravessando uma única daquelas tardes, sem conseguir se mexer, alucinando entre os lençóis, tentando gritar, erguer o tronco, acender o abajur, averiguar o espaço, reconhecer o quarto. Não consegue. Pelo menos não há vozes ou um íncubo comprimindo seu peito com o saco escrotal, drenando sua energia, parasitando seus sonhos cansados.

Os números de LED no rádio-relógio indicam três horas da madrugada de terça-feira. Há um rastro azedo de picles, queijo cheddar e condimentos no quarto. Ligo o abajur e recolho o tubo de mostarda e o prato com os escombros do sanduíche. Desço até a cozinha e deixo correr água sobre a louça enquanto penso no que farei quando desistir de retomar o sono.

Decido me antecipar à insônia.

Sirvo uma taça grande de vinho tinto e vou até a porta do quarto de Felipe. Não escuto nada. Retorno à sala de estar e abro as persianas. Os semáforos alternam as luzes para um tráfego ausente. A lua filtra os espectros de cores quentes, derramando um azul-elétrico sobre a cidade. Alguns retângulos iluminados se destacam em meio aos edifícios escuros. Notívagos habituais com suas bebidas energéticas, jogos online e vídeos pornográficos. Uma garota estudando de última hora para a prova de histologia. Um rapaz conversando com a namorada que viajou para outro fuso horário. Alguém que também acordou com o corpo paralisado dentro de um escafandro de horror. Alguém que, assim como eu, às vezes perde o sono e sabe que, nessas ocasiões, não há modos de retomá-lo.

Bebo o vinho junto à janela. É nesse estranho sentimento de superioridade sobre a metrópole adormecida que o insone encontra algum conforto. Agora, em meio às armas depostas, às fardas despidas, às perversões e aos morcegos que se agitam nos forros das casas, existe uma pequena milícia de criaturas infelizes e despertas vigiando a persistência do mundo. Se um incêndio evacuasse os moradores do edifício com suas roupas de dormir, ceroulas e calcinhas com estampas esdrúxulas, eu teria tempo de vestir um robe e passar uma ligeira camada de blush nas maçãs do rosto. Felipe talvez acordasse à beira da carbonização, correndo seminu e desnorteado pelas escadas de emergência.

Na rua, um homem passa carregando um botijão de gás.

68.

Prezados editores,

Desde que descobri a Barlavento — muito ao acaso, numa tarde de chuva —, li todas as edições da revista. Tem sido meu jeito de escapar de um dia a dia que se autorreplica, no qual o presente, o passado e o futuro já não fazem qualquer diferença. A verdade é que não sinto nenhuma conexão com os momentos e, a esta altura da vida, não se espera que qualquer coisa fenomenal venha a acontecer.

Gosto de todo o projeto da Barlavento, mas escrevo este e-mail para Tom Lennox. Suponho que esse nome seja um pseudônimo e que haja alguma boa razão para isso. Mas também tenho boas razões para acreditar que conheci Tom Lennox há cerca de trinta anos num ônibus intermunicipal. Nesse caso, se eu estiver certa — e penso que estou —, Tom Lennox se chama Leona. Por favor, se possível, repassem este e-mail a ela antes de prosseguir na leitura.

Como concluí que Lennox é Leona? O estilo da escrita, as expressões e os temas recorrentes, as histórias que ela algum dia me contou e que agora se materializam nas páginas da Barlavento. As décadas avançam, viram os séculos, desmoronam ideologias, impérios, culturas, estilos musicais e modas — as calças de cintura alta já foram e voltaram —, mas, dentro de cada indivíduo, as obsessões permanecem. A persistência de certas ideias é nosso DNA intelectual; mesmo quando não estamos lá, nomeados e subscritos, deixamos evidências. Não sei dizer ao certo quem é Tom Lennox; nunca soube explicar quem foi a garota que viajou comigo dezenas de vezes no decorrer de 1991. Mas reconheço suas obsessões.

Antes que perdêssemos contato, Leona — tu, Leona, se estiveres lendo — me contou histórias um tanto quanto inacreditáveis. De tempos, lugares e culturas distantes; fatos que ela testemunhou, ouviu, investigou por conta própria. Minha impressão era de que ela lia bastante, e de que vivia mais ainda. De que extraía da vida mais do que os outros podiam extrair. De que conhecia uma dimensão alternativa entre a realidade e a invenção: percebia certa lógica no absurdo e então o absurdo se tornava real e possível. Acho que as matérias assinadas por Tom Lennox restituem um pouco desse universo onde as coisas não respeitam padrões rigorosos, mas também não se assentam em crenças desesperadas. Bem, estou indo longe demais. É algo que acabo sempre fazendo.

Foi ela quem me apresentou os romances policiais de Raymond Chandler; aliás, por causa de Leona, acabei tomando gosto pelo gênero. Dashiell Hammett e David Goodis também dividem o espaço das minhas prateleiras, mas foi Chandler quem concebeu o incrivelmente enigmático Terry Lennox.

Devo explicar por que meu interesse em contatar Leona persiste? Diga a ela — saiba, Leona — que preciso confirmar uma hipótese. Como num romance policial, juntei indícios, acho que desvendei tua trama. Acontece que, na vida real, as respostas têm de ser dadas pelas personagens, pois o Grande Autor abandonou a obra na fase dos enigmas. É o tal do livre arbítrio.

Não sei, Leona, se devo me desculpar por isso ou se é uma curiosidade perfeitamente razoável, vinda de uma velha conhecida. São quatro horas da manhã de uma terça-feira qualquer, não consigo dormir, perdi as medidas da razoabilidade depois da segunda taça de vinho. Na madrugada, as regras são outras e nós duas sabemos disso.

Se puderes responder este e-mail de alguma forma, haverá um pouco mais de grandeza no mundo. Será uma vitória das coisas extraordinárias.

Parabéns por todo o projeto da revista.

Charlotte Vogt

69.

Salvo o e-mail como rascunho. Já são cinco e quinze da manhã, não vale a pena tentar dormir, mas meus olhos ardem, não consigo mantê-los abertos e em duas horas precisarei estar outra vez no escritório, a postos para defender empresas canalhas contra direitos trabalhistas mínimos. Não amo o que faço, mas alguém o fará de qualquer jeito. Deito na cama, numa tênue embriaguez; fico pensando em mais coisas que gostaria de ter escrito e em partes que deveria suprimir se, um dia, resolver enviar o e-mail.

Tento imaginar as rugas que insculpiram no rosto de Leona a textura inevitável dos anos. Penso também nas mudanças voluntárias que deve ter feito: os cabelos mais curtos, as roupas de bom corte, embora sóbrias desde sempre. Um relógio com pulseira de couro marrom, sem anéis. Pernas cruzadas, apoiando o calcanhar nos joelhos, a pose de quem domina sem perder a tranquilidade; os mesmos óculos de aros grandes, filtrando as páginas de um livro de Richard Dawkins — detalhes assim, supérfluos, é que conferem verossimilhança à fantasia de que Leona me espera, na hora marcada, num café sugerido por ela. Um lugar silencioso, com abajures no centro das mesas e fotografias de Robert Mapplethorpe nas paredes. Eu a vejo antes, tenho quatro segundos de vantagem enquanto me habituo à Leona do novo século. Ela tem a beleza vincada das mulheres maduras, os ângulos do rosto ainda mais acentuados. Não vai se levantar logo; ficará me olhando, sorriso ambíguo. É chocante te reencontrar, Charlie, mas é maravilhoso. E finalmente precisarei confessar que levei uma vida medíocre.

70.
Felipe entra na cozinha barbeado, com as mangas da camisa dobradas até os cotovelos. Uma veia saliente aparece na parte interna do seu antebraço.

— Tem café — eu digo, antes que ele inicie o assunto que temo.

— Obrigado.

Ele se aproxima para mexer na cafeteira. Reconheço o perfume, é o mesmo desde que nos conhecemos. Confiro o relógio sem propósito; o cheiro do café misturado ao Polo Ralph Lauren me faz pensar que não foram apenas anos horríveis entre nós. Coloco minha xícara na pia.

— Charlotte, espera. — Felipe abre a geladeira e, enquanto fala, finge procurar qualquer coisa lá dentro. — Eu queria te perguntar. Aquele apartamento que eu consegui, aquele bem perto do meu trabalho, vai precisar de um tempo pra pintar, reformar, essas coisas. — Ele coloca sobre o balcão um pote de geleia de laranja há muito tempo esquecido no fundo da geladeira. Passa os olhos pelo meu rosto, que não deve revelar muito mais do que cansaço. Começa a abrir um saco de pão de sanduíche. — Posso ficar num hotel — fecha o saco plástico de pão com um arame —, mas é estranho se hospedar em Porto Alegre. Tu sabe que eu não gosto de ficar em hotel nem quando viajo. Pensei se daria pra ficar mais um tempo aqui.

Na verdade, Felipe não gosta de viajar. Nunca gostou. A complexa logística dos aeroportos, dos hotéis, dos lugares que devem ser visitados, tudo isso incomoda. As férias ideais de Felipe consistem num prolongamento da rotina, só que sem o compromisso de acordar cedo e ir trabalhar. Viajamos pouco juntos, sempre por minha iniciativa. Ele me acompanhava aos lugares, mas se cansava dos grandes passeios, se tornava mais indiferente a cada museu. Eu poderia ter viajado muito mais, sem filhos e com a flexibilidade relativa de um escritório que, em geral, me permite escolher meus períodos de férias.

— Pode ficar — eu digo. — Por mais algumas semanas.

— Não vou precisar de muito mais tempo.

— Eu vou pedir férias. Vou viajar.

Felipe espalha uma quantidade irrisória da geleia sobre a superfície do pão. Dobra a fatia ao meio. Evita fazer contato visual. Percebo que está nervoso.

— Viajar pra onde?

— Não sei ainda. Só quero sair um pouco.

— No meio de outubro?

Balanço os ombros, mostrando que não vejo impeditivos.

— Mas vão te liberar assim, em cima da hora?

Ele mantém os cotovelos fincados na mesa. Fica evidente que torce para que o escritório se encarregue de me trancar ao seu lado por mais alguns dias.

— Provavelmente. Melhor pra eles no meio de outubro do que nos meses em que todo mundo quer sair ao mesmo tempo.

Com os olhos fixos na mesa, Felipe parece mastigar o pão com a mesma dificuldade com que rumina a ideia de me ver partir do apartamento e da sua vida. Tento ser o mais objetiva que consigo, não quero dar espaço para ele arquitetar nenhuma maneira de chegar a assuntos desconfortáveis.

— Era isso? — pergunto, e logo uma descarga de exaustão atinge minhas têmporas.

A mobília e as paredes desse apartamento drenam minha energia; não é má ideia sair, ao menos por um tempo. Poderia tomar a estrada em direção à casa dos meus parentes no interior.

— Tem certeza? — Felipe joga todo o fardo de esperança nessas últimas palavras, que soam muito graves.
— Tenho.

Antes que algum de nós comece a chorar, dou as costas para ele. Em geral, compreendo o que se passa na cabeça do meu ex-marido descomplexo, mas dessa vez não tenho certeza se foi a covardia ou o medo de me afastar ainda mais que o impediram de perguntar por que o masturbei na manhã de ontem. Se ele tivesse me confrontado, eu teria respondido que as pessoas fazem coisas por motivos incompreensíveis, como o homem que matou um árabe por causa da luz do sol.

71.
É difícil escolher qualquer itinerário quando se é indiferente aos destinos. Há uma remota possibilidade de que o escritório não me libere para uma semana de férias. Vou dizer que estou sobrecarregada, um caso de separação é sempre comovente. Nova Iorque, São Paulo, Ciudad del Este, Mumbai, Veneza — lugares que poderiam manter ocupada uma viajante solitária e sem objetivos.

O rascunho do e-mail continua aberto na tela do notebook. Releio o que escrevi durante a madrugada, suprimo e altero algumas frases. Não sei se faria algum sentido para alguém que não fosse Leona. Não sei se faria sentido para Leona.

Para me livrar do texto — para não voltar a corrigi-lo com camadas de leitura cada vez mais saturadas —, digito o e-mail da Barlavento na caixa de endereço e *Tom Lennox* no lugar do assunto. Posiciono a seta do mouse sobre o botão de enviar. É um estalido muito delicado, nada como o disparo de uma arma de fogo, embora também seja um movimento libertador, como em geral são os atos sem retorno.

72.
Uma tensão sensorial pairava sobre aquela noite de março. Leona estava lá, como ela havia prometido estar. Eu quase podia tocar a consistência do verão, com suas partículas úmidas e elétricas. A viagem era muito mais importante do que o destino. Escolhi uma regata justa, num tom castanho-acinzentado, e mal percebia o tecido frio cobrindo a pele: tinha a sensação de estar nua, invulgarmente bonita e confiante.

Sentei à janela, como acabaria fazendo todas as vezes.
— Achei que tu nem fosse mais chegar — eu disse.

Depois de jogar a mochila nos assentos da frente, Leona ergueu um pouco a sobrancelha e ajeitou uma mecha comprida de cabelo atrás da orelha. Se acomodou no banco, piscou os olhos de leve e se virou para mim:
— E se eu não viesse?

Desviei dos olhos que tremulavam com malícia e caí no pequeno vão entre os lábios.
— O que eu poderia fazer?
— Me esperar.

73.
Cara Charlotte,
Antes de tudo, devo agradecer, em nome de toda a equipe da Revista Barlavento, pelo seu interesse nas nossas publicações. Somos um núcleo reduzido e independente de profissionais que se empenham em levar adiante esse projeto, movidos pela paixão que temos pelas boas reporta-

gens. Trabalhamos livres do afã de informar tudo o que se passa na superfície desse país (desse mundo) caótico, mas comprometidos em relatar a grandeza (para usar a sua bela expressão) das histórias que ocorrem nas suas margens.

Dito isso, passo a falar por mim. Li com muito interesse seu relato, achei fascinantes as memórias que você mantém. Infelizmente, precisarei frustrar sua busca, pois não sou Leona (embora também seja um grande fã de Raymond Chandler e de Dashiell Hammett). Acho que eu e sua conhecida apenas temos as mesmas obsessões (ou um DNA intelectual semelhante, quem sabe).

Já que seu e-mail acabou chegando até mim, proponho que nos encontremos em alguma ocasião, para que eu possa entender melhor a sua história e descobrir o que levou você a deduzir que eu poderia ser essa Leona. Atualmente estou morando em Buenos Aires, mas devo ir a Porto Alegre no ano que vem (vi que você mora aí, maravilhas do Google) e podemos arranjar uma conversa apropriada. O que você acha disso?

Abraços,
Tomas "Lennox"

74.

À exceção do aval do escritório para minha semana de folga — sob a promessa tácita de que, na volta, assumirei o triplo de incumbências —, se passam dois dias irrelevantes até que o e-mail de resposta apareça na minha caixa de entrada. No instante em que isso acontece, estou almoçando num restaurante próximo ao escritório, sozinha, tentando vencer um amontoado insosso de purê de batata. À exceção de alguns alimentos específicos — comida japonesa, risoto de funghi, sorvete com calda de frutas vermelhas —, comer é, para mim, uma demanda corporal isenta de prazer, um compromisso fisiológico que me atrapalha entre os deveres do cotidiano.

A fome aparece em intervalos de cinco em cinco horas — ou seis em seis, nos dias de calor. Às duas e meia da tarde dessa quinta-feira de outubro, a temperatura não chega aos trinta graus. Ainda assim, gotículas salgadas se formam no vão entre meus seios, um detalhe que apenas eu posso enxergar por dentro da camisa. A barra de notificação acende no celular, que vibra sobre a mesa. Abro o e-mail com as mãos tremendo e leio duas, três, quatro vezes. O purê de batata esfria. Pelo janelão de vidro do restaurante, assisto as manobras de um Porsche que estaciona entre dois carros populares.

Pela primeira vez, cogito a real existência de Tom Lennox, um sujeito esquivo aos algoritmos de pesquisa do Google, que se utiliza de alguma espécie de nome artístico para publicar na revista. Contraponho essa possibilidade às evidências de que apenas Leona escreveria determinadas histórias, de que não há coincidência que justifique, por exemplo, o interesse de Tom Lennox pela mesma região em que eu e Leona nascemos, o fogão a lenha azul-piscina da Eisen, a garota poltergeist, as expressões grandiosas, o modo racional de decantar os fenômenos do mundo, tirando deles o obscurantismo, mas conservando uma estranha magia.

Nada disso faz sentido sem Leona.

75.
Também não faz sentido que o único intermédio entre a mente e a realidade seja a própria mente. Posso muito bem

estar inventando não apenas a existência de Leona, como minha própria existência. Posso ser apenas um átomo desse purê de batata conjecturando absurdos. É de uma solidão assombrosa existir.

Não faz sentido que exista um homem, no meio da tarde, dentro de uma lata. Não faz sentido que esse homem esteja há alguns minutos tentando encaixá-la entre outras duas latas. Não faz sentido que eu olhe para a lata do homem e a cobice, porque é um belo e potente Porsche. Não faz sentido nem o carro, nem o homem.

Gosto menos ainda da ideia de que ele agora desembarque do automóvel com calças sociais e sapatos apertados; não me agrada a ideia de que seja atraente, jovem, com os cabelos meio loiros e a barba desenhada sobre o maxilar. Não há nada que o impeça de ser Tom Lennox, pois não há nenhuma regra proibindo que coisas inexplicáveis aconteçam, já que a primeira ocorrência — a que deflagrou todas as outras — é também inexplicável. Odeio que esse homem evite ser Tom Lennox apenas para que os princípios da probabilidade continuem aceitos, produzindo eventos aleatórios para atormentar seres que creem em razões mais transcendentes para a vida, o amor e a morte. Imagino um pênis encolhido dentro das calças sociais e olho para o semáforo a variar suas cores, os prédios de escritórios, e outra vez o Porsche. Tom Lennox, Leona e a necessidade de haver algum sentido.

O homem entra no restaurante. Trocamos olhares insistentes. Eu o desafio, como se soubesse um grande segredo seu: que nada o impede de ser Tomas Lennox. Ele é bonito, tem um Porsche e, além disso, sua existência não faz sentido, o que me encoraja a continuar olhando, porque o absurdo tem a vantagem de ser mais permissivo do que o rigor da normalidade.

Ele senta a duas mesas de distância, de frente para mim. Afasto o prato com purê de batata e deposito os talheres lado a lado. Ele rola a tela do celular e às vezes ergue os olhos na minha direção. A garçonete aparece para retirar meu prato. Peço um café. Volto a reler o e-mail de Tom Lennox e, durante um minuto, esqueço a presença do rapaz. Termino a leitura sem encontrar um único indício definitivo de Leona nas frases. Ele cruzou os braços, me olha, sorri; sorrio de volta. Meu café chega. Volto minha atenção para a imponência do carro resplandecendo sob o sol feroz da tarde de outubro. A mesma garçonete que me atendeu anota o pedido do homem.

A linguagem do flerte é ambígua, mas nem sempre há tempo para ambiguidades. Acho que o dono do Porsche compreende isso tão bem quanto eu. A garçonete deposita um suco de laranja e um sanduíche diante dele. Os dois trocam algumas palavras e ela vem até minha mesa.

— O rapaz sentado ali me pediu pra te passar um recado.

Entrecruzamos olhares, os três. Ele sorri, vira um pouco o rosto, ergue o ombro forte. Parece confiante.

— Ah, é? — digo, rindo.

— Sim. Ele quer saber se tu não aceita uma torta pra acompanhar o café.

— Uma torta?

— Ele disse torta. Mas acho que foi só uma sugestão.

A garçonete — uma mulher risonha, de bochechas inflamadas — parece se divertir também. Ela teve alguma sorte como cupido.

— Pode ser uma torta.

— A senhora quer ver o cardápio?
— Não precisa. Qual tu me sugere?
— A senhora gosta da Marta Rocha?
— Marta Rocha não. Tem alguma coisa com chocolate?
— Tem a de brigadeiro, a de bombom e o brownie.
— Pode ser o brownie.

Ela anota meu pedido e sai. Eu pego a bolsa e o café, agora pela metade, e vou até a mesa do meu flerte, que sinaliza algum nervosismo, tentando engolir depressa um pedaço de sanduíche conforme me aproximo. Reduzo o passo para dar tempo.

— Oi. O restaurante tá cheio, será que tem problema se eu sentar aqui contigo?

É claro que, no meio da tarde, o restaurante está quase vazio. Ele coloca a mão direita diante da boca e, com a esquerda, acena para a cadeira à sua frente.

— Claro, claro, por favor.

Eu me sento. Ele toma um gole do suco de laranja.

— Desculpa a boca cheia. Não foi um bom começo. Vou tentar de novo. Prazer, Eduardo.

Aperto a mão dele. Nenhuma aliança. Não tenho a menor vontade de iniciar a conversa divagando sobre a origem do meu nome francês, que parece ser o elemento fundante de todas as idiossincrasias da minha vida. Então respondo o primeiro nome que me ocorre:

— Leona.

Não há nenhum rastro de incredulidade no rosto de Eduardo quando ele repete meu nome, Leona, num esforço de memorizá-lo, mas, ao ouvi-lo na sua voz, sinto vontade de negar tudo, corrigir minha mentira, pedir que me devolva as palavras. Antes que eu faça isso, acrescento, ansiosa:

— Acho que nunca te vi por aqui. Almoço sempre nesse restaurante.

— Sempre tão tarde?

— Nem sempre.

Ele tem um sorriso bonito, com dentes brancos e alinhados. Usa uma gravata fina, bordô, e uma camisa bem ajustada ao corpo. Não deve ter mais de trinta e cinco anos; percebo certa sombra no seu olhar, com a linha d'água margeada por cílios tão densos e contrastantes com a cor dos cabelos que chego a me perguntar se ele não passou maquiagem. À primeira vista, Eduardo é impecável: ótimos dentes, corpo definido, roupas de bom corte, a barba bem aparada e, fulgurando na rua, o Porsche. Não encontro um único fragmento de desordem; não há um pelo excessivo nas sobrancelhas, uma cicatriz adolescente no rosto. Consigo imaginá-lo aparecendo nas colunas sociais com uma garota de pele radioativamente laranja a tiracolo.

— Eu mudei de escritório há duas semanas. É por isso.

— Com o que tu trabalha?

— Sou empresário.

Ele morde um pequeno pedaço do sanduíche.

— Empresa de quê? — pergunto, sem saber se é uma pergunta adequada.

— Materiais hospitalares — ele diz, enquanto leva um guardanapo aos lábios estreitos. — E tu?

— Nenhum palpite?

Ele comprime os olhos, inclinando um pouco o rosto.

— Advogada, eu diria.

A garçonete chega com o brownie e dois garfos. Deseja bom apetite com um sorriso sugestivo. Acomodo o corpo no encosto da cadeira. Minha bolsa cai no chão.

— Ah, é? E por quê?

Me abaixo para apanhar a bolsa. Vejo os tornozelos de Eduardo, cobertos por meias de estampa escocesa: cinza, azul-marinho, branco. Coloco a bolsa no assento ao meu lado.

— Algo no teu jeito de falar. Tem uma eloquência de advogada. Uma confiança de mulher independente, tipo feminista.

Quem quer que seja Tomas Lennox, não daria essa resposta. Nunca, nem por disfarce. Dou uma garfada no meu brownie e, de imediato, faço uma expressão satisfeita. Não é muito bom. Empurro o prato na direção de Eduardo, que faz um breve gesto de recusa.

— Obrigado. Vou terminar meu sanduíche.

— Deixo um pedaço pra ti.

Tomo um gole de café frio para limpar o chocolate dos dentes.

— E então? Acertei?

Olho para Eduardo. Se pretendesse vê-lo mais vezes, eu poderia desfazer a mentira. Dizer que não me chamo Leona, que quis poupar minha identidade porque sou parcialmente casada.

— Foi um bom palpite, mas eu sou jornalista.

Ele dá um leve tapa na borda da mesa.

— Juro que pensei em algo como jornalista ou publicitária. Foi quase. Não tira meu mérito.

Eu rio, dando outra garfada no doce.

— Eu acho que não suportaria passar a vida tentando enquadrar os conflitos do mundo em leis.

— Sim. Tenho muitos amigos advogados — diz Eduardo. — Os caras sabem tudo de cor, todos aqueles termos estranhos.

— O ônus da prova — digo, deixando ele visivelmente confuso. — É um livro. Do Scott Turow.

— Hum, acho que não conheço — diz Eduardo, abocanhando o resto do seu sanduíche.

Conversamos um pouco sobre nossos trabalhos. Lamento que minha profissão esteja perdendo o valor na sociedade. Invento uma história sem nenhum fundamento sobre um grande portal de notícias latino-americano que mantém uma ramificação num escritório ali por perto. Abuso da boa-fé de Eduardo, discorrendo sobre a decadência da verdade no mundo contemporâneo. Falo em fatos alternativos, pergunto se ele acredita na verdade absoluta.

— Sim — diz Eduardo. — É uma verdade absoluta que eu encontrei uma mulher muito bonita numa tarde de quinta-feira. E quero saber como faço pra encontrar ela de novo.

Criar *fatos alternativos* me permite exercer um controle incrível da realidade. Com a ponta dos dedos, acaricio o braço dele sobre a mesa.

— Eu viajo nesse fim de semana. Vou passar um tempo fora. Cobrindo um caso.

Eduardo pega minha mão.

— Quanto tempo?

— Bastante tempo — eu digo. — Não sei direito ainda. Só sei que vai demorar.

Largo sua mão e me inclino um pouco mais, deixando a camisa se abrir num decote expansivo. Ele passa os olhos por ali depressa, as represas se expandindo à profusão do sangue. Decido propor algo mais arriscado:

— Sei que é uma hora estranha, mas, se tu tiver um tempo, a gente sai daqui e dá uma volta.

76.

Leona disse que tinha gravado para mim a fita cassete do Queen no Rock in Rio de 1985.

— Conhece?

Eu conhecia a banda; quer dizer, sabia da existência, mas não conseguia recordar uma única música.

— Nunca escutei.

— Sério? Impossível. *So baby can't you see, I've got to break free* — Leona cantou, numa voz baixa e bastante afinada. — Não?

Neguei com a cabeça.

— Melhor ainda. Eu também queria ter algo tão bom quanto Queen pra descobrir essa noite.

Seus olhos percorreram minha boca.

Desconcertada, abri a mochila e puxei lá de dentro o walkman. Coloquei a fita e ofereci um dos lados do fone de ouvido a ela, que se aproximou ainda mais — coxa e ombro colados em mim. Meu pescoço palpitava. Ela pegou o aparelho e avançou várias músicas até que Freddie Mercury entoasse *I want to break free*.

I want to break free, respondeu, em coro, a plateia do Rock in Rio de 1985.

Leona colocou o walkman entre nós, deixando o dorso da mão pousar na minha perna.

O ônibus costurava a noite.

77.

Eduardo abre a porta do carro. Mergulho no ar represado, uma gosma quente que não parece capaz de circular pelos pulmões.

— E então? — Ele senta ao meu lado e dá a partida no motor. — Onde nós vamos?

— Eu vou te mostrando o caminho, tá?

Eduardo coloca os óculos escuros, um modelo retrô que assenta bem no seu rosto anguloso. Ele deve ter uma namorada bem mais jovem do que eu, uma universitária com peitos de silicone, nariz esculpido em cirurgias plásticas e bunda avantajada. Não acho que seja um grande cretino, mas gosta de mulheres velhas. Sexo com uma cinquentona no meio da tarde, alguém que ele não descobre dentro de um vestido tubinho nas baladas regadas a espumante e cocaína. Em que seção da pornografia nossa experiência será enquadrada?

— Pode virar aqui, Edu. Posso te chamar de Edu?

Ele diz que sim e pergunta se eu gosto da música que está tocando. Não conheço e deixo de comentar que acho a voz do cantor péssima. Ele me conta que Maroon 5 é sua banda favorita. Pergunta qual é a minha. Penso em responder algo bem mommy, talvez ABBA. Poderíamos foder ao som de *Mamma mia*.

— Gosto bastante de Nina Simone.

— Essa é a do natal?

Solto uma risada curta, sem saber se ele está brincando, e sinalizo para que dobre à direita.

Nessas circunstâncias, o mais óbvio seria sugerir um motel, com toda a arquitetura conspirando para o sexo: o espelho no teto, as paredes vermelhas, as suítes temáticas e a sensação de deitar sobre a ossada de coitos pretéritos. Em vez disso, faço Eduardo entrar no estacionamento anexo a um shopping. Quando ele se debruça para pegar o tíquete, olho para o meio das suas pernas. Há um volume em evidência dentro das calças. Peço para que suba até um dos últimos andares do estacionamento, que, nessa hora, está quase vazio.

Depois de estacionar, Eduardo mantém as mãos sobre o volante. Eu tiro seus óculos escuros e coloco sobre o painel. A música morreu junto com o motor. Tiramos os cintos ao mesmo tempo.

O beijo de Eduardo é bom, de enleios rápidos e conscientes. Beija muito melhor do que Felipe, que fecha a boca a cada movimento da língua. Passo as mãos pelas suas costas, nos aproximamos mais. O câmbio atrapalha. Eduardo coloca a mão por dentro da minha blusa; subo do seu joelho até bem perto da virilha. Ele beija meu pescoço, eu retomo sua boca. Tamanho médio, operante. Fico satisfeita e solto um gemido baixo, de propósito. *Mamãe desesperada ataca garotão no estacionamento do shopping.* Deixo que ele desabotoe os primeiros botões da minha blusa e desafivele meu sutiã enquanto esfrego a mão sobre o volume da calça. Ele lambe, beija meus seios. Eu me afasto um pouco para conseguir abrir seu zíper. Eduardo observa o próprio pau saltando da cueca. Parece gostar disso, um autoerotismo que me excita ao mesmo tempo em que o torna ridículo. Não é circuncidado. Ele coloca a mão na minha coxa enquanto o masturbo devagar, com o seio encostado no seu ombro. Me surpreendo ao ver que está liso, deve usar cera quente. Espremo minhas pernas com força. Às vezes, confiro se há alguém no estacionamento, se algum segurança está vindo na nossa direção, mas só vejo colunas de concreto e linhas vazias no chão.

Eduardo sobe um pouco mais a mão, tentando levantar minha saia. Não chegará muito longe desse jeito. Eu mesma enrolo o tecido na cintura enquanto ele afasta o banco do motorista. Sento no seu colo, peço que não goze dentro de mim. Não corro mais o risco de engravidar, estou me lixando para doenças venéreas, mas não quero a porra dele dentro do meu corpo. Com as duas mãos nos meus quadris, Eduardo impõe um ritmo rápido e respira quente junto às minhas costas. Seguro o volante com força. O medo de ver surgir alguém no estacionamento me excita muito mais do que o desempenho dele; não quero que faça nada diferente, não quero que me toque, que me olhe. Quero que faça o que está fazendo, desde que seja no meio do estacionamento do shopping.

78.

Reconheci as batidas de *We will rock you*. Leona ergueu a sobrancelha, sorriu e começou a marcar o compasso da música na minha perna. Estávamos ligadas pelos fones de ouvido, pela voz de Freddie e por alguns centímetros de contato entre nossas peles.

Ela deixou despencar seu fone, tirou o meu com cuidado e me entregou o walkman.

— Tu vai ter a vida toda pro Freddie.

Enrolei os fios em volta do aparelho e coloquei na mochila. Agradeci o presente e prometi que escutaria durante o fim de semana. Na verdade, fiz isso até que aquela fita se gastasse, durante muitos anos. Até hoje guardo ela dentro da caixa dos documentos importantes, junto à minha certidão de nascimento e ao meu passaporte.

Permanecemos muito próximas uma da outra. O ônibus sacolejava, vencendo alguma zona de turbulência rodoviária. As janelas não passavam de retângulos escuros ao nosso redor, desvelando pequenas porções de um mundo apagado. Éramos o ventre de luz no espaço infinito. Os cabelos de Leona exalavam um perfume inebriante, algo sintetizado entre feromônios, bosques e frutos picantes. Nossas bocas quase se encontravam quando comentávamos algo tão vago quanto a temperatura, a iminência da chuva, a tonalidade incerta da minha blusa.

De repente, estávamos há minutos em silêncio. A certeza de que compartilhávamos desejos esbordoava no meu medo de estar enlouquecendo. Por não saber se aquela sensação pairava *entre nós* ou habitava *em mim*, eu nunca teria tomado a iniciativa.

Poderíamos ter dito algo que rompesse o momento, acho que estivemos muito perto de perdê-lo. Mas Leona o tinha sob controle, como sempre teve.

Foi um beijo gradual, bocas que se tocam e, aos poucos, se entranham.

79.
Prezado Tomas Lennox,
O mundo é mesmo um lugar esquisito.

Entrarei em férias a partir da próxima semana e estou com passagem reservada para... adivinhe? Buenos Aires! Seria ótimo se pudéssemos nos encontrar para um café em Puerto Madero. Ou outro lugar que talvez tu possas sugerir.

Abraços,
Charlotte Vogt

80.

Eduardo pede desculpas.

Uso um lenço do porta-luvas para limpar o líquido que escorre entre minhas coxas.

Não digo nada.

Ele pergunta se estou bem.

Não digo nada.

Ele pergunta se eu quero que me leve para algum lugar. Se pode anotar meu número.

Não digo nada.

Ajeito a saia, calço os sapatos, prendo os cabelos olhando no retrovisor.

Pulo para fora do Porsche e atravesso o piso polido a passos de fuga, produzindo ecos assombrosos no estacionamento.

81.

Enquanto beijava Leona, os acontecimentos apenas fluíam num ritmo irresistível. Nenhum pensamento interceptou aqueles minutos vibrantes. Nos instantes pulsáteis e embaraçosos que sucederam o beijo, ela me disse que sua saliva permaneceria por três dias na minha boca e que a minha saliva permaneceria por três dias na dela. Não é muito tempo. Agora já se passaram três décadas.

Gastei o sábado seguinte andando pelas trilhas abertas na mata que circundava a casa dos meus avós e escutando a fita do Queen. Isolada numa cortina de sons e lembranças, recorria às imagens da madrugada e concebia outras tantas — coisas que ainda viveríamos naquele ônibus, que ainda poderíamos viver, porque o mundo, aquele mundo, era nosso.

Com o suor escorrendo pela nuca e a camiseta grudada na pele, sentei na grama, sob a sombra de uma grande nespereira. Às três horas da tarde, a atmosfera pesava, a temperatura era perturbadora. De olhos fechados, com a música pausada, comecei a imaginar Leona sobre mim, enlaçando minha cintura com as pernas, despindo minha camiseta, me beijando.

Acordei quando a pressão entre minhas pernas atingia aquilo que foi o primeiro orgasmo de que me recordo. Um vento fresco agitava as folhas; havia pequenos galhos grudados nas minhas coxas e algumas formigas passeavam pelas minhas canelas. Relâmpagos descoravam o céu. Voltando para casa, com *Love of my life* tocando no walkman, tentei lembrar se, no sonho, Leona tinha pelos e se estavam distribuídos da mesma forma que os meus.

82.
Charlotte,
Não temos por que adiar a conversa então! Quando exatamente você chega em Buenos Aires? Já sabe onde vai se hospedar? Conheço diversos cafés tranquilos onde você pode me contar sua história. Posso sugerir bons hotéis a preços acessíveis, se precisar.
Tom

83.
O último e-mail também não soa como Leona; me ocorre que ela tenha encarregado outra pessoa de responder a fim de dissolver minhas suspeitas. Não consigo imaginar por que ela insistiria tanto em não ser descoberta, mas a verdade é que sei muito pouco. O mais provável, contudo, é que minha teoria se baseie numa série de coincidências

arranjadas para corresponder à minha vontade de acreditar no retorno de Leona trinta anos depois.

O mesmo tipo de autoindução que movimenta copos sobre tabuleiros ouija.

Nesse caso, não faz sentido tomar um avião para outro país.

De qualquer forma, aqui estou, à meia-noite de sexta-feira, pesquisando a temperatura para os próximos dias em Buenos Aires e reservando um quarto num antigo hotel da área central. Toda vez que as normas do bom senso me recomendam a desistência, lembro que o bom senso não tem nada a dizer sobre os eventos da minha vida. O homem que deu um tiro na própria cabeça dentro do intermunicipal onde eu viajava, a garota por quem me apaixonei empurrando o revólver de volta às mãos do suicida, meu ex-marido que se instalou na sala de tevê vendo pornografia com peixes. Aliás, o bom senso não pode repreender coisa alguma, quando tudo o que faz é louvar comportamentos repetitivos: aprenda os códigos da sua estufa existencial, vista-se bem, compre um sedan, use talheres, administre seu medo de morrer, contenha sua essência mais genuína até que esteja esquecida sob o verniz impenetrável das pessoas comuns.

Consigo comprar a passagem de avião para as cinco e cinquenta da manhã seguinte, um sábado que prenuncia uma semana de tempo ensolarado na capital da Argentina. Coloco uma playlist de rock antigo para tocar enquanto arrumo as malas; um ânimo inesperado me leva a ressuscitar antigas performances de David Bowie diante do espelho do quarto. Será uma viagem com escala em São Paulo, longa e cansativa, porém nem me passa pela cabeça tentar dormir.

84.

Não gosto de aviões. São uma afronta aos propósitos dos seres telúricos, uma subversão às leis da natureza. Existe uma força constante conspirando pela tragédia dos voos, puxando suas imensas carcaças de volta ao solo. Sem falar nos pássaros que se lançam para a goela das turbinas, numa brava e suicida reivindicação do espaço.

Não gosto de aviões.

A garotinha sentada à janela do voo de São Paulo com destino a Buenos Aires, na mesma fileira de bancos que a minha, também descobrirá que não gosta.

Por enquanto, ela conversa com a mãe, uma argentina ossuda, de cabelos castanhos, com tamancos de madeira nos pés. As duas interagem numa espécie de teatro, cujo objetivo é me captar enquanto espectadora. A mulher motiva a filha a discorrer sobre seus planos para o retorno a Buenos Aires, preocupando-se em explicar algumas referências cifradas da menina, como sua relação com o tio Facundo, el novio de mamá, ou a vontade de tomar sopa, pero sólo la hecha por mamá. Ali está uma mulher que tem um objetivo real nesse mundo e, por isso, espera que eu as observe com ternura, estimando a beleza suprema da maternidade.

Para frustrá-la, começo a folhear uma revista que encontrei no bolso do assento à minha frente, me detendo na entrevista de uma dupla sertaneja que não distingo de qualquer outra dupla sertaneja. O avião se alinha à pista de decolagem e começa a tomar velocidade. A garotinha para de responder a mãe e se fixa na janela, observando a pista rolar cada vez mais depressa sob a gaiola de metal que, em breve, nos lançará pelos ares.

Quando as rodas se descolam do chão, avançando na contracorrente da ordem, ela manifesta os primeiros sinais de pavor. Começar a bater os pés no banco da frente e grita, cada vez mais alto:

— ¡Vamos abajo! ¡Vamos abajo!

85.

Chego a Buenos Aires com a noite posta. Balas de café e sanduíches oferecidos pela companhia aérea constituem as únicas refeições do meu dia. Com fardos de pesos argentinos na mochila, adquiridos pelo preço vil do câmbio do próprio aeroporto, embarco num táxi.

O motorista corre bastante pelas largas avenidas. Com a cabeça encostada ao vidro, fico pensando em que parte daquela metrópole imensa Leona poderia morar. Acho que a cidade combina muito com ela: ambas são anacrônicas, compostas por elementos inconciliáveis. Buenos Aires habita o progresso e a história, o charme e a decadência. Já estive aqui outras três vezes, duas delas com Felipe. Faróis correm ao meu redor, tão velozes que se tornam riscos de luz, uma dimensão onírica através da qual eu não me importaria de viajar para sempre.

O hotel fica num prédio antigo do centro da cidade. As portas giratórias douradas e o pé-direito colossal me transportam para a trama investigativa de um filme noir. Enquanto faço o check-in, peço à atendente uma sugestão de bar ou restaurante ali por perto. Ela me explica que há uma cervecería que prepara ótimos bifes de chorizo do outro lado da rua.

O quarto é um pouco sombrio — talvez carregado demais nas sobreposições de bege —, mas limpo e perfumado, com uma cama de casal e uma televisão suspensa que, desligada, poderia ser um quadro abstrato, uma tela pintada de preto para representar a única arte possivelmente inquietante num mundo abarrotado de informação visual. Procuro uma jaqueta jeans na mala, passo um batom discreto e saio, antes que o cansaço me chumbe sobre o colchão.

O bar indicado pela atendente é do tipo que possui prateleiras de vidro repletas de garrafas de cores berrantes. Garçons manipulam torneiras de onde vertem líquidos áureos e gasosos, coroados por espumas densas. Cada torneira expele uma tonalidade diferente de cerveja artesanal.

Peço que o garçom me traga o tal do bife de chorizo con papas do cardápio, além de uma cerveja escura, assumidamente amarga. A cerveja pode ser ao mesmo tempo amarga e desejável; eu inclusive prefiro as menos palatáveis, por razões psicológicas que associam ao amargor uma essência genuína, sem aditivos mascarando o sabor dos ingredientes. Minha mãe gostava de dizer que as frutas eram doces para atrair os pássaros, pois assim eles espalhavam as sementes. Eu ficava pensando nas frutas amargas — se não tinham interesse em se reproduzir ou se havia outro modo de se deixarem levar, talvez pela força dos ventos, das enxurradas, dos tornados.

Começo a reparar numa moça que, sentada numa banqueta alta junto ao balcão, bebe o que parece ser uma dose de uísque; usa botas de franja, estilo country. As costas magras se recortam contra a regata branca, os cabelos estão presos no alto e mechas sinuosas caem até a nuca. No último e-mail enviado, mencionei o nome do meu hotel para Tom Lennox. O ambiente esverdeado se liquefaz ao meu redor. Golfadas de sangue se espremem pela minha jugular, que pulsa com uma ferocidade visível — ou assim imagino, cobrindo a garganta com a mão. As conversas se embaralham em interjeições desconexas, gargalhadas bestiais, órbitas alucinadas. As espáduas salientes de Leona, os braços estreitos e fortes envolvendo meus ombros, puxando as cortinas azuis, apoiados sobre o balcão iluminado de um bar à meia-noite e vinte, na capital da Argentina.

A mulher não vira o rosto. Nunca vira o rosto.

O garçom traz minha cerveja oscura e pergunta se sou brasileña. Digo que sim, sou gaúcha, do Rio Grande do Sul. Ele assente, como se aprovasse com restrições minha resposta: relativamente brasileira, nada a dizer sobre as praias paradisíacas.

— ¿Ronaldinho Gaúcho?

— Esse mesmo. Vi numa churrascaria uma vez.

— ¿No sacaste una foto?

Nada mais distante dos meus sonhos do que tirar uma foto ao lado de um jogador de futebol a respeito de quem conservo uma única informação de interesse: é o maior devedor de IPTU da minha cidade.

Tento enxergar a mulher no balcão, mas o entusiasmado garçom me impede.

— No. O prato vai demorar muito? — pergunto. A sensação de irrealidade continua; temo que beber de estômago vazio possa agravá-la.

— Veinte minutos.

Quando o atendente sai, vejo que a mulher não está mais no balcão. Corro os olhos por todo o bar — risos, dentes, taças, línguas, reflexos, seios, brilhos —, mas não a encontro. Perscruto o chão: saltos, All Star, sapatilhas, verniz, plataformas, scarpins, sandálias, dedos, sapatênis, unhas, mas não as botas de franja — as impossíveis botas estilo faroeste, que nunca vi Leona usar, mas que poderiam muito bem ser a nova aquisição dos seus cinquenta anos de idade.

O chão ainda é um lugar inconstante. Essa sensação já me assombrou outras vezes, a de que estou prestes a desmaiar em território inimigo, onde mãos desconhecidas me carregariam para destinos ainda mais incógnitos. A única vez que desmaiei, no entanto, foi dois dias antes de prestar a prova do vestibular para direito, depois de vomitar um sanduíche de atum na privada. Tive tempo de deitar na minha cama, assistir o ventilador se dissolver em tons cada vez mais sangrentos de vermelho e então apaguei.

86.

Na terça-feira do dia 19 de março, recebemos, no salão nobre da Faculdade de Direito, um professor obeso, que deu aula sentado em duas cadeiras postas lado a lado: um gênio da área do direito do consumidor. O assunto até me interessava um pouco, mas não prestei atenção. Escolhi um assento bem ao fundo, longe dos meus colegas, e comecei a desenhar Leona nas últimas páginas do caderno. Minhas habilidades de desenho, desenvolvidas ao longo de muitas aulas como aquela, não davam conta de detalhes faciais, de modo que a desenhei de costas, tomando como modelo vivo uma garota de vestido que se encontrava duas fileiras à minha frente, acentuando as espáduas e o relevo da coluna para que correspondessem à magreza de Leona. Suprimi o vestido, tramei os cabelos cheios e reforcei os traços dos braços, a cintura, as pernas finas, as nádegas, os tornozelos.

Não percebi quando Daniel — um colega que me convidava para sair toda semana e que se candidataria a deputado estadual quinze anos mais tarde — chegou pelas minhas costas, olhando sobre meu ombro e sussurrando:

— O que tu tá fazendo?

Tentei fechar depressa o caderno.

— Espera, deixa eu ver. Tu desenha bem.

— Não.

— Qual é o problema? Eu só quero ver.

— Não, eu só tô entediada.

— O que era? Me deixa ver.

Ele passou o braço por cima de mim, tentando abrir o caderno.

— Para, Daniel.

— Era uma mulher pelada? Eu quero ver.

— Não.

Alguns rostos se voltaram para nós.

— Quem era?

— Cala a boca, não te interessa.

Ele ergueu as mãos em sinal de rendição, parou de me atormentar e voltou para as fileiras da frente, onde proliferavam brincadeiras e risadas, cujo alvo devia ser o professor obeso. Apenas no dia seguinte percebi que a página do desenho havia sido arrancada do caderno, provavelmente durante o intervalo, quando desci para tomar café e deixei os materiais no salão, dentro da mochila. Sobraram apenas as rebarbas do papel e os contornos quase invisíveis na folha posterior.

Minha raiva me fez sair no meio da aula da manhã. Enquanto atravessava a avenida, lágrimas quentes lavavam a matéria tóxica que o tráfego das onze horas borrifava no meu rosto, um cuspe de fuligem que coroava a humilhação. Peguei o walkman, mas não quis misturar os sentimentos que o Queen me despertava com a raiva que sentia de Daniel. Achei que era o momento para estrear a fita dos Sex Pistols que eu havia comprado numa lojinha escura, fincada debaixo de um viaduto imundo do Centro Histórico. Era lá que eu comprava quase todas as minhas fitas. Leona tinha um bóton amarelo da banda na mochila, então pensei que seria legal conhecer.

Coloquei para tocar e, desde a primeira faixa, achei a música insuportável — nada como as melodias de Queen e o vocal diáfano de Freddie Mercury. Eu ainda não sabia quem era Sid Vicious e nem podia imaginar as razões que o levavam a detonar todos os princípios da harmonia daquele jeito, mas estava disposta a assumir Sex Pistols como minha primeira discordância em relação ao gosto musical de Leona. Se aparecesse o assunto — ou se eu tivesse coragem de trazê-lo à conversa —, eu diria, com todas as letras, que a banda era uma grande merda. O bom gosto pode ser relativo e a interpretação estética pode ser subjetiva, mas Pistols é, em todos os universos concebíveis, uma tremenda merda.

Se alguma vez eu tivesse afrontado Leona, talvez ela começasse a me respeitar. Mas isso nunca aconteceu.

De todo modo, a bateção de panelas de *Never mind the bollocks* funcionava como uma destilaria de raiva. E eu estava com raiva. Muita raiva. O garoto no vocal detestava o mundo inteiro, incluindo meus colegas estúpidos. A humanidade era uma latrina indigna de qualquer arte mais elevada; foi para essa latrina cheia de merda e escarro que eu e Sid Vicious empurramos Daniel, a sociedade burguesa e a rainha da Inglaterra. Posso dizer que o primeiro linchamento hipotético que cometi ao lado de Sid Vicious foi o do futuro deputado Daniel. Houve outros, mas Daniel cuspiu os próprios dentes numa poça de sangue ao som de *Problems*.

Como um bebê escutando uma canção de ninar enquanto brinca com o móbile sobre o berço: foi assim que fiquei, já em casa, olhando para o walkman, deitada no sofá da sala, com os poros do rosto absorvendo as lágrimas cinzentas. O melhor era fingir que não havia sequer percebido a violação do caderno, que não dava importância ao fato de que aquele imbecil tinha profanado uma parte tão íntima minha — mais íntima do que ele próprio podia conceber.

Durante a aula de quinta-feira, Daniel manteve a atenção fixa em mim. Ignorei com resolução seus olhares ardilosos. Mas, no começo da noite de sexta-feira, ele me interceptou no corredor:

— Oi. Tudo bem contigo?

Fiz um sinal afirmativo e tentei contorná-lo.

— Ah, espera. Tu parece meio irritada. Aconteceu alguma coisa?

— Não — respondi.

— Estranho. Nada de errado?

— Não. E tu?

— Tudo bem.

— Então tá ótimo.

Ele colocou as mãos na cintura e apertou os olhos, tentando sondar qualquer coisa além do que eu dizia.

— Vamos tomar uma cerveja hoje, depois da aula?

— Não posso. Preciso ir pra casa.

— Sempre uma desculpa. Passa em casa e depois me encontra.

— Não dá.

— Dá sim.
— Tá.
— Tá?

Tentei contorná-lo outra vez, mas ele me conteve pelo braço.

— Tá?
— Já disse que tá.
— E onde a gente se encontra? Que horas?
— Às onze e meia. No Ocidente.
— Mais cedo não dá?
— Não dá.
— Tudo bem. Tá combinado. Onze e meia, no Ocidente.
— Sim.
— Combinado mesmo?
— Sim, Daniel. Tu quer que eu assine um contrato também?
— Não precisa. Te vejo lá. Onze e meia, no Ocidente.

Ele fez questão de dizer isso alto, de modo que alguns colegas pudessem ouvi-lo.

Às onze e meia daquela sexta-feira, eu estava na rodoviária de Porto Alegre, esperando Leona.

Mais de quinze mil pessoas votaram em Daniel nas eleições de 2006. Eu, claro, não fui uma delas.

87.

O banheiro da cervejaria portenha tem baldes metálicos de gelo em vez de cubas na pia. Diante do espelho, prendo o cabelo com a borrachinha que sempre trago no pulso. É uma grande responsabilidade levar adiante esse projeto humano: dez trilhões de células ecoando no espelho. O medo de ir abajo, do começo ao fim.

Da única cabine fechada irrompe uma mulher baixa, extremamente pálida. Ela usa um estilo de tênis que entrou na moda há alguns anos, mas que precisa sair em definitivo. Feios como botas ortopédicas, com velcros em vez de cadarços.

Percorro todo o bar, entre fragmentos de assunto, bebidas cintilantes e um cheiro floral de lúpulo. Nem sinal da mulher com botas estilo faroeste.

Volto ao meu lugar, onde um mofo glacial cobre meu pint de cerveja. Mais de vinte minutos depois, surge meu bife de chorizo con papas, mais passado do que eu gostaria, mas ainda assim muito bom.

88.

Não recordo se fez muito mais frio no inverno de 1991 do que nesses invernos do século 21, o século apocalíptico, o século do urso polar desnutrido sobre uma placa de gelo à deriva no Ártico. O fato é que houve ao menos uma noite glacial naquele que foi o ano de Leona, o ano de duas garotas à deriva na estrada: uma madrugada de agosto quando a sensação térmica não ultrapassava os cinco graus, sem ventos ou promessas de chuva, ar imóvel, ruas entregues a um abandono radioativo.

Eu tinha levado para a viagem uma manta enrolada debaixo do braço, sob a qual nos beijamos, nos esfregamos, nos tocamos. A ânsia por calor e prazer nos manteve ocupadas durante metade do trajeto; eu estava perto de adormecer quando Leona tirou o braço dos meus ombros e buscou na sua mochila uma pasta de elástico cheia de fotografias.

— Charlie, olha essas fotos e me diz o que tu acha.

Uma cozinha de azulejos cor de oliva, com um grande relógio marcando meio-dia acima do fogão e um calendário de 1989 na parede, na folha do mês de setembro, com uma ilustração da Ave Maria. Na imagem seguinte, um quarto pequeno, com uma cama de solteiro arrumada e um pôster de um grupo musical porto-riquenho chamado Menudo; sobre o travesseiro, um gato amarelo. Uma estante de livros com porta-retratos de um casal, uma bicicleta coberta de ferrugem, uma pilha de cartas lacradas.

— O que são essas fotos?

— São pra uma matéria que vou escrever.

— Sobre o quê?

— Pessoas ausentes.

Devolvi as fotografias. Uma aura sombria exalava delas.

— Ausentes como?

— Cada fotografia é uma ausência diferente. O garoto da bicicleta era esquizofrênico e desapareceu sem deixar rastros. A mulher do porta-retrato ficou em estado vegetativo. A dona dessa cozinha foi internada numa clínica depois que perdeu o filho. E essas cartas continuam chegando pra esse filho morto.

— Achei bem triste — eu disse. — Como tu conseguiu todas essas fotos?

Leona voltou a guardá-las na pasta.

— Comecei esse projeto há um tempo.

Ela precisava que eu não apenas incentivasse a ideia, mas aplaudisse sua genialidade, dizendo que aquilo era algo muito importante para o mundo. Eu apenas achei triste. Preferia ouvir Leona falando sobre bandas de rock, cinema e livros.

— É bem triste — foi tudo o que consegui repetir.

Ela ergueu a barra da manta, se acomodando de novo ao meu lado, mas sem me abraçar.

— É o que é, Charlie.

— Isso não te deixa meio deprimida?

Ela franziu as sobrancelhas.

— Não. Não acho que seja esse o sentimento.

Depois de um tempo, vendo que, se dependesse de mim, o assunto estaria encerrado, ela prosseguiu:

— De um jeito ou de outro, as pessoas desaparecem. É a regra mais importante do jogo.

— É que essas tuas fotos me fazem pensar na morte. A morte é triste pra todo mundo.

— Não é triste pra quem morre.

— É triste pra quem fica. Tu já perdeu...

Leona não me deixou terminar a pergunta.

— Justamente porque a gente tem essa cultura absurda de fingir que não existe. De falar da morte só quando ela finalmente bate na nossa porta. De colocar as pessoas pra morrerem dentro de um hospital, onde ninguém pode ver. Porque todo mundo sabe, mas ninguém pode ver a morte. Tem que fingir que tudo isso é pra sempre. Se a gente não fala do monstro, ele deixa de existir. É o elefante na sala. Eu quero mostrar o elefante na sala.

Uma ideia me fez estremecer. E se Leona estivesse morta? Além de mim, ela não tinha álibis para sua existência concreta. Nem mesmo o motorista do ônibus servia como testemunha, pois eu não me lembrava de ter visto ela trocar qualquer palavra com ele. Nem sempre entrávamos juntas no ônibus e, quando isso acontecia, ela me deixava subir na frente. Mas por que o ônibus estacionaria em Mariante? Talvez alguma parada obrigatória do itinerário. De vez em quando o motorista descia na minúscula rodoviária do vilarejo, não sei se para fazer tempo, comprar refrigerante ou usar o banheiro antes de seguirmos viagem. No início, pensei em prestar mais atenção à hipótese da espectralidade de Leona, mas depois achei tudo uma besteira, o tipo de delírio que se tem de madrugada e que, à luz do dia, perde todo o sentido.

Aos cinquenta anos, já não acredito em espíritos. O problema é que também deixei de acreditar na minha própria cabeça. Enxergar Leona para além da nossa relação, do seu pragmatismo diante do passageiro moribundo, das ocorrências traumáticas da última viagem e dos seus vestígios incertos teria me ajudado a romper a atmosfera de sonho na qual parte de mim continua presa. Sigo à procura da sua veracidade carnal e, na esperança de encontrá-la, cheguei a outro país.

89.

Apesar do cansaço, demoro a pegar no sono. Fico me revirando na cama, escuto um pouco de música e avanço até a metade do livro que trouxe na mala: *Eu amo Dick*, de uma autora nova-iorquina chamada Chris Kraus. Marquei de encontrar Tom Lennox na terça-feira, portanto amanhã tenho o dia livre para fazer meu turismo solitário por Buenos Aires.

Antes de mergulhar num sono que se prolongará pelas próximas seis horas, consulto o relógio: são quase três da madrugada.

90.

— Leona, o Freddie.

Ela largou a mochila no chão da rodoviária e me abraçou. Ficamos assim durante algum tempo, eu contendo a vontade de chorar, com o rosto imerso no perfume que habitava as fibras da sua camiseta preta. Faltando dois dias para o final de novembro, a morte de Freddie Mercury era a única tristeza que eu conseguia exprimir.

Leona ainda era uma ideia fixa que ocupava todos os minutos da minha semana. Eu queria que ela me desejasse a ponto de se tornar hostil, me despindo nos quilômetros da rodovia. Agora, contudo, uma melancolia insuportável contaminava a verve eufórica da paixão: a consciência de que, depois do ápice, só me restava a queda.

Entramos no ônibus, como toda sexta-feira. Puxei a cortina e, antes que o motorista desse a partida, beijei Leona. Ela se deixou envolver.

Ainda que eu mesma não pudesse sustentar essa decisão lá fora, eu queria convencê-la a ficar comigo. Queria que Leona me obrigasse a aceitar sua permanência, violando a natureza breve daquele pequeno universo.

91.
Depois de um banho rápido, aproveito para improvisar um brunch no buffet do café da manhã do hotel, me servindo de ovos mexidos, bacon, pães, queijos, croissants e suco de laranja. Faço a refeição já com a mochila entre os pés, com tudo que vou precisar para o turismo da tarde: o celular, os fones de ouvido, os maços de pesos argentinos.

Conheço um pouco a geografia da cidade. Vou em direção à Praça de Maio e à Casa Rosada. Pretendo caminhar o máximo que conseguir, evitando entrar num círculo de suposições sobre o que me espera no dia seguinte. Mesmo assim, observo os rostos femininos que passam por mim, ávida por encontrar neles os sorrisos ambíguos, os olhares à espreita, os indícios de que algo grande está para acontecer.

Na Praça de Maio, queria ver as mulheres tristes — las Madres de Plaza de Mayo — na infinita espera de filhos e filhas desaparecidos durante a ditadura militar argentina. Não sei quando se reúnem em torno da pirâmide. Quantas se cansaram, quantas desistiram? O esquecimento não é uma forma de resiliência? A obstinação não é uma forma de virtude?

Las madres no están aqui.

92.

Fotografo paisagens urbanas, monumentos inertes, pedestres desconhecidos: muitas fotos para as quais nunca voltarei, porque não têm valor artístico ou afetivo além dessa sensação material de que retenho pedaços do tempo.

Felipe costumava me fotografar durante as viagens, sem que eu percebesse, em poses casuais: tomando café, admirando uma obra de arte, atravessando uma rua ou amarrando os cadarços, como faço agora. Levanto, continuo andando pelo bairro de Monserrat. Compro uma miniatura de guitarra de um vendedor ambulante. Um sol comedido aquece as estruturas de concreto, brilhando contra as lentes douradas dos meus óculos escuros, um Clubmaster bastante bonito que me exime de soterrar a região dos olhos com maquiagem corretiva.

Buenos Aires é uma metrópole que me faz pensar em todas as metáforas poéticas que traduzem a cidade como um corpo — as ruas como artérias, o fluxo de pessoas como a circulação do sangue. Em teoria, com o auxílio do Google Maps, eu conseguiria encontrar uma sorveteria vegana na Coreia do Norte. Na prática, porém, o que acontece é que meu avatar amarelo no aplicativo fica preso em uma esquina da qual não consigo movê-lo, por mais que clique em todas as direções. Enquanto tento me deslocar pelo mapa virtual, o boneco acaba indo parar dentro do que parece ser um prédio histórico, com uma grande cúpula envidraçada; pela legenda descubro que se trata da Casa Legislativa, diante da mesa do Deputado Sergio Abrevaya, lugar que não me interessa visitar. O ângulo da fotografia pressupõe que o fotógrafo tenha se sentado à mesa dos parlamentares. Há sujeitos em trajes formais com rostos fora de foco. Enfim consigo sincronizar os passos do avatar com minha localização física no momento, ao lado do Obelisco.

Depois de caminhar por quase uma hora — tendo passado por quase todas as faixas da playlist montada para o domingo —, encontro a livraria El Ateneo, situada num prédio inaugurado para ser o teatro Grand Splendid. Ando pelo ambiente babélico, fisgando alguns títulos em espanhol junto às inesgotáveis lombadas. Ainda levarei uma hora para encontrar aquilo que procuro: *El largo adiós*, de Raymond Chandler.

93.

Estendo todas as blusas, calças e saias que trouxe na mala sobre a cama do hotel. Às duas horas da manhã — exausta pelo dia que passou, mas inquieta pelo dia que virá —, reconheço que é inútil tentar dormir. Um filme dublado em espanhol passa na televisão. Separo um jeans preto e uma camiseta nem muito justa, nem muito larga. Não sei quem vou encontrar no café sugerido por Tom Lennox, portanto não sei quem devo ser.

94.

Também não sei se devo classificar como delírio ou sonho lúcido minha busca por uma suposta fórmula matemática para pegar no sono, uma fórmula que não consigo lembrar enquanto fico me tapando e destapando até as cinco horas da manhã. Quando o primeiro raio de sol invade o quarto através de uma fresta no blecaute e me atinge no rosto, fico imaginando que se trata da mira de uma arma de longuíssimo alcance, um disparo que passa pelos olhos do suicida, pela lataria do ônibus, por milhares de outros corpos e paredes até finalmente me atingir dentro deste quarto em Buenos Aires, três décadas mais tarde. Nunca compreendi por que ele escolheu se matar dentro do ônibus, mas agora acho que entendo. Ele queria estar só. Não sei se tinha família, uma esposa e filhos pequenos em casa, mas o certo é que precisava de privacidade para executar uma decisão tão íntima sem que ninguém o impedisse ou flagrasse antes do tempo. Não queria as crianças entrando no quarto para descobri-lo pendurado no teto. Não queria os vizinhos abrindo as janelas para vê-lo estrebuchar na calçada. Não queria nem mesmo que eu e Leona estivéssemos lá. Queria morrer a caminho de lugar nenhum, longe de cheiros e texturas familiares. Mas por que, nesse caso, não alugou um quarto de hotel como este?

95.

Chego ao café quarenta e cinco minutos antes da hora marcada por Tom Lennox. Apesar de ter dormido muito pouco, uma energia sôfrega percorre meu corpo; estico as mãos e percebo que meus dedos tremem.

O café funciona dentro de uma casa que parece menor devido à fachada estreita e às paredes escuras. Passo por uma antessala com uma estante de livros e dois sofás de couro preto, onde um senhor mexe num tablet. Mesas de ferro e madeira rústica se distribuem pelo ambiente principal; atrás do balcão, a tela do computador despeja uma luz fantasmagórica sobre o rosto de um homem de barba comprida. Há sacas de grãos empilhadas numa estante metálica. Um perfume amargo enche o ar.

Demoro a entender que o elemento estranho daquele café é o silêncio; não há nenhuma música de fundo ocupando as lacunas de diálogo dos poucos clientes que dividem mesas. Todos se sentam afastados e conversam baixo; os que estão sozinhos parecem imersos nos seus cappuccinos. Ninguém repara muito na minha presença.

Um garçom pergunta onde eu gostaria de me sentar. É cordial, mas pouco caloroso. Aponto uma mesa de dois lugares junto à parede, iluminada por um pequeno abajur. Pego o cardápio e digo que vou esperar outra pessoa.

É como se faltassem mobílias no café silencioso. Sempre detestei a música ambiente — uma intrusão do proprietário nos gostos plurívocos da clientela. Nas salas de espera, o pop industrial que antecede os exames ginecológicos e os diagnósticos de gastrite aguda me soa ainda mais inapropriado. A música, porém, impede que as conversas alcancem os ouvidos alheios, delatando a natureza e a matéria das relações que se desenvolvem ao redor de cada mesa.

96.

Sete minutos após a hora marcada, cogito ir embora, abandonar uma espera que começa a se tornar insuportável, mas então um rapaz entra no café, cumprimentando com um aceno o atendente de barba. Veste uma camiseta cinza e calças jeans azuis. O rosto barbeado possui uma fenda no queixo.

Ele para diante do balcão e olha em volta. Ao me ver, tensiona as extremidades dos lábios num sorriso discreto. Se aproxima da minha mesa; quando deixo a cadeira para corresponder ao aperto de mão, constato que temos a mesma altura.

— Prazer, Tomas.

Ele pisca os dois olhos, como se quisesse piscar um só.

97.

— Que achou do lugar? — diz Tom, virando o cardápio para si e passando os olhos pela seção dos cafés. — Já pediu?

Digo que achei o lugar interessante e que estava esperando ele chegar para pedir.

— Sugeri aqui porque é calmo. Eu sempre peço o cappuccino tradicional mesmo.

A maneira como pronuncia as frases, olhando para o cardápio, sugere certa timidez. Aos poucos, me submeto à realidade: Tom é apenas Tom, um jovem jornalista brasileiro que vive em Buenos Aires. Não há Leona, ela não está aqui, ela permanece impossível. É o que é, Charlie, *a vida. Nada muito impressionante*.

Tento administrar a reversão de todas as expectativas geradas clandestinamente. Não posso sequer atribuir a ele qualquer responsabilidade por me fazer atravessar uma fronteira atrás da ilusão que urdi por conta própria. Minhas mãos já não tremem. Tom parece um rapaz agradável, alguém capaz de tornar a tarde prazerosa. Há coisas sobre Leona que ele já sabe, outras que pode se interessar em saber. A maioria eu vou omitir.

Sem muita criatividade, peço o mesmo cappuccino que Tom. Estabelecemos um acordo tácito: o assunto Leona depende da chegada dos cappuccinos. Assim, ingressamos nas preliminares da conversa. Ele me conta que, além de atuar como jornalista, dá aulas em duas universidades privadas. Menciona a namorada, Aline, que faz residência médica. Se conheceram no Brasil, ele me conta, mas ela se mudou para Buenos Aires, onde ele mora desde os quinze anos. Digo para Tom que visitei a cidade algumas vezes e que gosto muito das avenidas largas. Transitamos por assuntos mornos até que as xícaras cheias de cappuccino sejam colocadas à nossa frente.

Então, Leona se torna inevitável.

98.
Tom não pega um gravador ou um bloco de notas; não dá indícios de que tenha um interesse jornalístico na minha história. Nossa conversa é extraoficial. Bebo um gole do cappuccino e começo explicando, de forma um tanto atrapalhada, todos os bons indícios que me fizeram acreditar que ele fosse Leona. Ao enunciá-los, esses argumentos perdem a força, se tornam absurdos, me fazem soar maluca, mas o rapaz é um ouvinte encorajador e me interrompe apenas para mostrar que presta atenção. Faz movimentos assertivos, se mostra interessado, pontua com palavras curtas, parece compreender meu ponto de vista.

Não digo nada sobre a natureza da relação que eu tinha com Leona, muito menos sobre o acontecimento que marcou nossa ruptura. Conto que tivemos boas conversas ao longo daquele ano. Eu era uma garota do interior, não me identificava muito com meus colegas do curso de direito. Leona me mostrou uma porção de bandas, livros e filmes que me ajudaram a construir uma identidade. Ele pergunta quais bandas, quais livros, quais filmes — e isso é o mesmo que perguntar *qual sua identidade*. Quer saber se eu continuo escutando os rocks antigos, se já me rendi aos seriados. Falo em Raymond Chandler, tiro da mochila *El largo adiós*.

— Esse livro aqui. A Leona gostava bastante. Tem um cara chamado Lennox. Um personagem bem enigmático.

Tom vira o livro nas mãos, com a expressão de quem maneja uma velha lembrança. Começo a desconfiar que não é realmente tímido, apenas circunspecto; não faz muita questão de me manter a par do que se passa dentro da sua cabeça, embora consiga, com singelos comentários, desentranhar de mim mais confissões.

— Achei que ela tinha tirado o Lennox daí. Leona era um pouco como ele.

— Como assim?

— Enigmática.

— É uma edição bem bonita — diz Tom, me estendendo o livro.

— É um presente — eu digo, fazendo um gesto com as mãos.

— Sério? Muito obrigado. Eu gosto muito do Chandler, muito mesmo. Vou reler esse aqui, agora em espanhol.

Tom guarda o livro na pasta. Há cinco medidas de doçura para cada medida de malícia nos seus olhos. Ele tem cílios longos e cabelos castanhos, de comprimento quase militar.

— Charlotte...

Antes de prosseguir, Tom fica alguns segundos descrevendo movimentos concêntricos com a colher no resto do café, observando o vórtice leitoso no fundo da taça. Levanta o rosto, diluindo num sorriso tranquilo o peso das palavras que virão:

— E se eu te dissesse que o nome dela não era Leona?

99.

Na contabilidade estudantil, eu e minhas colegas de apartamento dividíamos nossas rendas do estágio entre o aluguel, as contas, a comida e o transporte. Restava uma pequena margem para os gastos supérfluos, que elas aplicavam em roupas, sapatos, festas universitárias e drinques tropicais.

Quanto a mim, com toda a existência voltada para as noites de sexta-feira, formei uma coleção respeitável de fitas de rock, preenchi uma estante de livros de ficção e passei a alugar filmes na locadora, desenterrando do acervo da Videodrome as obras-primas de Alfred Hitchcock, Stanley Kubrick, François Truffaut e Roman Polanski, além dos clássicos absolutos — *Cidadão Kane*, *Casablanca*, *Cléo de 5 às 7*, *Crepúsculo dos deuses*, *Jeanne Dielman*. Leona falava de Hitchcock e Kubrick com uma reverência incontida, mas considerava o cinema francês o melhor de todos. Ela parecia ter assistido todos os diretores importantes, mas não sei onde arranjava as fitas, considerando que demorei anos para encontrar uma locadora que disponibilizasse os filmes de Chabrol — um dos diretores de quem Leona falou muitas vezes. Mais do que um repertório admirável, ela conservava análises profundas sobre os enredos, guardando detalhes vivos e precisos. Podia me fazer gostar de filmes que eu havia achado chatíssimos apenas apontando interpretações e minúcias que eu não tinha alcançado.

Em maio, eu já havia martelado meus ouvidos com dois meses de Sex Pistols quando resolvi mostrar a Leona a fita de *Never mind the bollocks*. Minha opinião sobre a banda já havia se tornado um pouco mais indulgente e eu até reconhecia algum valor estético no projeto colérico, distinguindo algumas frases de genuína revolta entre a sujeira da guitarra e dos berros.

— Sid Vicious! O melhor baixista da história do rock! — Leona disse isso tamborilando os dedos na capa amarela e rindo.

— Sério? — perguntei.

Ela reagiu com espanto.

— Claro que não, né, Charlie. O Sid nem sabia tocar baixo. Não sabia tocar coisa nenhuma. Nenhum talento. Além do maior talento de todos.

Ela me aplicou aquele olhar progressivo e lento, os fios de um melado pegajoso escorrendo pela minha pele. Algo entre sensualidade, atrevimento e afronta.

— Qual é o maior talento de todos? — perguntei, baixando o rosto.

Por mais íntimas que nos tornássemos, eu fugiria daquele olhar até o fim.

— Atitude.

Leona segurou meu queixo e o levantou com delicadeza.

— E sabe o que mais, Charlie? O Sid Vicious namorou uma groupie. A Nancy.

Eu não sabia o que era uma groupie. Por sorte, Leona imaginava que eu não soubesse.

— Groupie é a fã que persegue um músico com o objetivo de... dar. A Nancy era praticamente a rainha das groupies.

— Ela queria transar com ele, é isso?

— Sim, queria. Mas aconteceu uma reviravolta insólita. O Sid Vicious se apaixonou pela groupie dele. E, depois de um tempo, enfiou uma faca nela.

Leona me devolveu a fita com um riso sardônico. Gastei alguns segundos refletindo sobre as implicações dessa nova informação: a verve homicida dos Pistols não se esgotava na arte.

— Por que ele matou ela? — perguntei, ainda um pouco perplexa.

— Sei lá, Charlie. Por nenhum motivo.

— Sem motivo nenhum?

— Crimes só precisam de motivos mirabolantes nos livros da Agatha Christie. Ele era um punk viciado, fim. Fazia coisas estranhas.

Fiquei em silêncio, rodando a caixinha amarela nas mãos. Leona continuou:

— Sabe o cara que matou um árabe por causa da luz do sol?

— Como assim? Que árabe, que luz do sol? O que isso tem a ver?

Ela encheu os pulmões e suspirou, cansada de me dar satisfações.

— A moral da história é que as pessoas fazem coisas por motivos incompreensíveis. Não tenta entender muito ou tu vai acabar enlouquecendo.

100.

Se você me disser que o nome de Leona *não era* Leona, eu vou reagir da mesma forma que reagi quando ela me disse que seu nome *era* Leona. Essa nova informação reverberará durante algum tempo entre nós, como uma verdade óbvia que alguém enuncia pela primeira vez.

E eu vou perguntar para Tom, tentando dissimular minha comoção:

— Mas por que ela faria isso?

As últimas palavras se dobrarão sobre si mesmas, se transformando numa queixa humilhante. Tom vai encher o peito de ar, levar a mão à nuca e balançar de leve a cabeça. É um rapaz correto, a quem o destino encarregou de trazer ao meu conhecimento uma série de atitudes e consequências que ele próprio não aprova.

— Eu só posso imaginar por que ela não quis te dizer o nome verdadeiro.

101.

Ninguém sabe que espécie de vida Deise levou antes de chegar a Porto Alegre. Nem mesmo Tom. A história conhecida dela começa, portanto, no início 1991 — mesmo ano da minha história com Leona. Uma garota de um metro e sessenta e cinco invade um lugar a que não pertence: olhar afiado, uma depressão marcando o espaço logo acima do lábio superior, postura confiante. Camiseta preta, calça jeans estonada, All Star de cano alto.

Naquela manhã, Deise chegou com alguma antecedência à Faculdade de Medicina. Sentou nas primeiras fileiras, com um bloco preenchido até a metade com anotações incompreensíveis, uma caneta Bic e um livro. É muito provável que a estranha presença de Deise tenha provocado comentários dos outros estudantes, já imbuídos pelo corporativismo médico; o certo é que ela não se incomodou. Pouco antes de bater o horário para o começo da aula, ela foi esperar a professora do lado de fora da sala.

Patrícia havia sido contratada como professora substituta para uma cadeira de psiquiatria. Embora já fosse reconhecida em congressos no Brasil e no exterior, possuindo um currículo acadêmico bastante sólido em matéria de publicações, não se sentia preparada para enfrentar uma turma de estudantes. Patrícia pensava que, em poucos minutos, colocariam em evidência todas as zonas de penumbra do seu conhecimento. Era — sempre foi — o tipo de profissional extremamente qualificada que se deixa tolher pela íntima sensação de ser uma farsa prestes a desmoronar.

Na época, Patrícia tinha trinta e dois anos, um marido atencioso e um filho pequeno — um garotinho adorável de cinco anos de idade, que viria a se transformar precisamente nesse rapaz de queixo vincado e cabelos castanhos chamado Tomas. Trabalhava há dois anos no Hospital de Clínicas, atendendo pacientes em situações psiquiátricas agudas: esquizofrênicos em surto, suicidas em potencial, dependentes químicos em abstinência severa. Ainda assim, sentia como se estivesse ocupando cargos muito acima das suas verdadeiras aptidões.

Por conta das suas angústias profissionais, Patrícia passou a madrugada decorando cada palavra da aula introdutória que ministraria naquela manhã. Vinha repetindo mentalmente sua apresentação pelo corredor da faculdade quando a jovem a interceptou, com uma cópia em inglês de *O médico e o monstro* nas mãos.

Patrícia relatou muitas vezes esse encontro a Tom e a quem mais se dispusesse a ouvir. Ficou encantada com Deise. Ficou encantada com seu modo de falar, com sua convicção, com a beleza que aos poucos assumia contornos naqueles traços que nada tinham de delicados ou perfeitos. Leona — ou Deise — fazia com que as pessoas se sentissem tão empolgadas quanto um aventureiro que desenterra um baú repleto de tesouros num lugar muito inóspito e desacreditado que acabava por ser ela própria. Mas, ao contrário do que fez comigo, Deise não mentiu para Patrícia. Ao menos não dessa vez. Talvez porque a enxergasse como um plano a longo prazo — ou porque a respeitasse mais do que jamais chegou a me respeitar —, Deise separou a parte que lhe convinha da verdade e a retemperou, valendo-se dos mesmos recursos persuasivos que, naquele mesmo ano, aplicaria para me deixar completamente apaixonada.

Confessou que seu nome era Deise — um nome que detestava. Se identificou como estudante de jornalismo e explicou sua insatisfação com o curso, onde sobravam ferramentas técnicas, mas faltava a *consciência humana*. Quando repete essa expressão, Tom está olhando através de mim. Há minutos, fala como se descrevesse uma cena presente, uma cena que não pode ter vivido, mas que foi contada a ele inúmeras vezes. Talvez os detalhes tenham variado com o tempo, conforme o tempo foi deteriorando a memória de Patrícia, cada vez mais tendente a sacralizar Deise, a desculpar tudo o que aconteceu depois. Porque, a essa altura, eu já compreendo que *alguma coisa aconteceu*. E o que quer que tenha acontecido se emaranha na perspectiva instável de Tom — ao mesmo tempo ouvinte, testemunha, cúmplice e intérprete.

— Mas consciência humana devia ter um significado bem diferente pra minha mãe e pra Deise — ele me diz.

Agora um feixe repentino de sol atravessa seu rosto, liquefazendo o tom esverdeado dos olhos. Me viro para identificar a origem da luz, a tempo de acompanhar o vento inflando as cortinas brancas que flutuam diante da janela, numa performance espectral.

Tom pousa as duas mãos sobre a mesa. O vidro do relógio de couro no seu pulso resplandece.

— Tem muita gente envolvida nessa história — ele diz.

Acho que é apenas então que Tom percebe as implicações reais dessa conversa. Acho que apenas nesse instante ele calcula as biografias que está prestes a violar diante de uma estranha.

— Eu sei muito pouco — respondo, em voz baixa, neutralizando a dimensão da minha ansiedade.

Tom bate os dedos sobre a superfície da mesa. A luz do sol reforça o vinco sombreado no seu queixo.

— Charlotte, tu precisa me garantir uma coisa.

Faço uma expressão séria, encorajando ele a prosseguir. A confiar em mim e a avançar no relato.

— Minha mãe. Ela não pode saber disso. Não pode saber nem que tu existe. Não pode saber que eu contei todas essas coisas.

— Claro — respondo, um pouco assustada ao perceber que imagino Patrícia igual a mim. Exatamente igual a mim.

— Seria uma tortura pra ela.

Toco a mão de Tom sobre a mesa. Não chego a retê-la.

— Eu entendo.

Trocamos sorrisos tristes, do tipo que esconde os lábios. Só me permito fazer uma pergunta:

— E Leona? Quer dizer. Deise?

Tom baixa o rosto antes de responder:

— A Deise faleceu há dois anos num acidente de carro. Ninguém nunca soube muito bem o que aconteceu.

Não digo mais nada. Mal consigo compreender que foi *Leona* quem morreu.

Deise passou os dedos sobre a capa do *Strange case of Dr. Jekyll and Mr. Hyde* e ergueu os olhos para Patrícia — um movimento lento, arrastando o peso magnético que se concentrava em cada uma das pupilas. A professora sentiu todas as suas células musculares se contraírem. Era mais alta do que Deise e ocupava um posto mais elevado na hierarquia acadêmica, mas ali, à porta de uma aula que ainda nem havia começado, se sentiu inferior, com um medo paranoico de ser desmascarada.

— Eu não quero essa objetividade vazia — disse Deise, piscando devagar e movendo as mãos como se tentasse apanhar o espaço. — Eu preciso de mais. Eu preciso de alma.

Patrícia ajeitou a pilha de livros e papéis que quase alcançava o seu peito.

— Ah, acho que entendo.

— Quero participar como ouvinte das tuas aulas. Acho que a psiquiatria pode me trazer uma visão interessante. Uma perspectiva mais complexa das pessoas que estão por trás dos fatos.

Patrícia explicou que aquela disciplina era voltada para os estudantes de medicina, portanto tratava de doenças psiquiátricas, o que talvez fosse de grande utilidade. Com seu melhor sorriso ambivalente, Deise garantiu que sim, serviria aos seus interesses.

— Então... — disse Patrícia, deixando escorregar o pedaço de papel onde tinha anotado os pontos mais importantes da aula.

Deise se apressou em pegar a folha e a ajeitou com cuidado sobre a pilha.

— Pronto — ela disse, tocando de leve o braço da professora.

Patrícia tentou pensar numa forma de convencer a garota a desistir. Com mais força ainda, tentou se convencer de que conseguiria fazê-la permanecer até o fim do semestre, agarrando sua atenção com as aulas mais instigantes que conseguisse preparar. Deise parecia o tipo de aluna insuportavelmente crítica, que a encheria de perguntas ardilosas, questões que Patrícia não gostaria de responder, porque, se refletisse muito, seria capaz de colocar sob suspeita os anos de estudo sobre as categorias herméticas dos transtornos mentais. Mas agora ela já estava levando suas preocupações muito além do que a situação demandava. Que tipo de professora ela seria se obstasse a introdução de algum senso crítico em sala de aula? Não que os futuros médicos não fossem inteligentes o bastante para fazer questionamentos dessa natureza, mas é que, como ela, precisavam confiar em parâmetros, probabilidades, estatísticas e diagnósticos, norteando suas conclusões pela curva de Gauss.

— Pode assistir as minhas aulas. Se não gostar...

— Eu vou gostar — disse Deise. — Eu com certeza vou gostar.

— Posso te indicar outros livros, uns que não coloquei no cronograma.

— Eu adoraria.

Deise abriu a porta para que a professora entrasse.

*

No dia 23 de novembro de 1991, um dia antes da morte de Freddie Mercury, Patrícia comemorava seus trinta e três anos num dos bons restaurantes da cidade, ao lado do filho, Tom, e do marido, Jorge. Observando os dois — o homem oito anos mais velho que a chamava de *meu bem* e fazia questão de beijá-la na testa sempre que saía para o trabalho e o garotinho de cabelos castanhos que agora melava os dedos numa torta de chocolate —, se sentia culpada. Não por ter estado, duas horas antes, com Deise. Na verdade, se culpava por *não sentir absolutamente nenhuma culpa* em função desses encontros secretos que vinham ocorrendo há vários meses, nas margens da sua impecável vida doméstica.

Jorge tentava conter com um guardanapo de pano a Fanta Laranja que Tom havia derramado sobre a mesa, evitando que alcançasse a camiseta do He-Man que o menino insistiu em vestir para o aniversário da mãe. Aliás, Tom também se recusou a comer os pratos tradicionais do cardápio, de modo que havia ketchup, batatas fritas e fragmentos de hambúrguer por toda parte.

— Está linda, meu bem — disse Jorge, sem desfazer o semblante sério. — Não é, Tom? A mamãe não ficou linda com a blusa que nós escolhemos pra ela?

O garoto mergulhou os dedos recém-limpos na cobertura de chocolate. Patrícia ajeitou uma mecha de cabelo atrás da orelha e sorriu com ternura para o marido. Se ele não estivesse do outro lado da mesa, ela o teria beijado; teria beijado na altura daquelas linhas de expressão que cruzavam toda sua testa e o faziam parecer muito mais velho do que era.

Patrícia amava Jorge pela forma como ele tomava conta dela e de Tom; o amava por ter incentivado ela a buscar objetivos grandes, impelida com delicadeza na contracorrente das suas inseguranças. Achava que ele era o melhor pai que ela poderia ter escolhido para seu filho — um homem progressista que ensinaria Tom a ser uma pessoa empática e generosa. Por isso, não se arrependia de ter casado tão cedo. Ao mesmo tempo, sabia que não o amava da forma como um casal deve se amar. O sexo funcionava bem, ambos conheciam os caminhos para se conduzirem ao prazer. A respeito da criação do filho, se entendiam e, quando não se entendiam, conversavam. Ainda assim, persistia a indômita busca por *algo mais*. Um ímpeto que só se tornou um problema real quando ela encontrou *algo mais* do que o amor manso e o sexo eficiente do cotidiano conjugal. Sua vida se tornou infeliz quando conheceu Deise.

Ela apareceu no começo do ano, diante da sua sala, farejando aquele estado de latência. Era excelente nisso, em identificar nas mulheres a suscetibilidade à desordem, em divisar nelas os desejos sonegados. Meses mais tarde, quando as duas já tinham alcançado um bom grau de intimidade, a garota confessou que o encontro não tinha ocorrido por acaso: poucos dias antes da primeira conversa, ela havia assistido uma palestra de Patrícia durante um evento sobre a relação entre homicídios e transtornos mentais.

— Tu tava usando uma saia justa, cor de gelo. Eu não conseguia parar de olhar.

— Foi por isso que tu quis frequentar minhas aulas? Por causa da minha bunda?

— Mas claro que sim — disse Deise, entre beijos e risadas.

Estavam as duas deitadas de costas na cama de Deise, com o ventilador de teto ligado para afastar o calor improvável do começo de maio.

— Não, não foi só por isso. É o jeito como tu fala, Pat. Gosto da tua voz meio rouca, meio grave, das pausas que tu faz, como se perdesse a linha de raciocínio, pra depois voltar com alguma ideia muito forte.

— Eu sempre fico nervosa antes de falar em público. Sou péssima.

— Tu pensa que é péssima. Mas não é.

— Eu decoro quase tudo que vou dizer. Quando me perco, tenho que ler mentalmente a próxima fala.

— Eu acho que isso te deixa extremamente... interessante. Meio introspectiva, sabe?

Deise apoiou o braço ao lado de Patrícia, passou a outra mão através dos cabelos dela e ficou olhando com um sorriso incógnito durante alguns segundos.

— Que foi? — perguntou Patrícia, enlaçando o pescoço da garota.

— É que tu parece muito a Greta Garbo.

— Eu nem sei qual é a cara da Greta Garbo.

— É bem assim.

Era na sua relação com Deise que Patrícia pensava quando começou a escutar os gritos de Tom ecoando pelo restaurante. O guardanapo na mão de Jorge estava cheio de sangue: o menino tinha se cortado com uma faca.

Ela pulou da cadeira num impulso e foi até os dois, perguntando se o corte havia sido fundo e sinalizando para um garçom, sem saber ao certo por quê. Jorge tentava acalmar o garoto, envolvendo seu dedo com o lado limpo do guardanapo de pano.

— Ele se cortou — disse Patrícia ao garçom, esclarecendo também o motivo dos gritos aos demais clientes do restaurante, que haviam interrompido as conversas para observar a cena.

— Não foi nada — disse Jorge. — Ele só se assustou. Mas não foi fundo.

— Vocês têm soro fisiológico? — perguntou Patrícia, dispensando o garçom numa missão infrutífera.

— Vamos lá lavar esse corte, rapaz. Segura firme aqui com a outra mão — disse Jorge, orientando o menino a pressionar o guardanapo em volta do próprio dedo.

Patrícia fez menção de acompanhá-los, mas Jorge sinalizou para que ficasse. E ela ficou. De pé, ao lado da mesa, vendo o marido e o filho se afastarem em direção ao banheiro masculino. Seu alheamento era punido com a inutilidade. Quis encontrar Deise, explicar essa estranha sensação de ser supérflua, de estar se descolando cada vez mais da própria vida. Queria ouvi-la dizer que nada daquilo era preocupante, que ela só estava cansada, que poderiam passar a noite ali, na cama, trocando afagos sonolentos, despertando de manhã, fazendo o café e recomeçando uma vida em que Deise e Tom pudessem coexistir.

Quanto a Jorge, era terrível admitir que o enxergava como um muro erguido diante da sua felicidade.

*

Chovia fogos coloridos no céu de Copacabana quando o ano de 1992 foi inaugurado. Patrícia e Jorge estavam de mãos dadas, com a água gelada do mar carioca lambendo as canelas. Tom saltava sobre as ondas, os pezinhos provocando espirros salgados que o encharcavam até o pescoço.

A ideia de passar a virada do ano no Rio de Janeiro tinha partido de Jorge; Patrícia concordou, achou que, com Deise fora do alcance, conseguiria se concentrar na família. Pouco depois da meia-noite era nela que pensava com obstinação. Nas últimas três semanas, Deise não atendia o telefone nem a campainha, tampouco se preocupava em mandar qualquer espécie de notícia. Tudo indicava que havia partido.

Enfrentar um abandono em segredo não era nada fácil. Patrícia perdeu a paciência com Tom uma porção de vezes nos últimos dias de dezembro e só não agrediu o menino porque Jorge interveio. Além disso, sem perceber, ela passou a dar respostas monossilábicas ao marido e fingia estar dormindo sempre que ele entrava no quarto. No banho, diluía as lágrimas sob o chuveiro, tentando se convencer de que Deise não passava de uma aventura — uma aventura que, mais cedo ou mais tarde, teria de acabar. De qualquer forma, depois de quase um ano de encontros furtivos, aquele final abrupto e inexplicável a deixou devastada. Não conseguia deixar de sentir pena de si mesma.

— Meu bem, mais champanhe?

Jorge estendeu a taça, cujo conteúdo ela engoliu de uma vez só. Tom envolveu num abraço as pernas da mãe, sujando de areia a saia branca; estava tremendo, com os lábios ligeiramente azulados pelo frio.

— Acho que a gente precisa levar o rapazinho de volta pro hotel — disse Jorge, acariciando os cabelos molhados do menino.

Enquanto os três andavam a passos irregulares pela areia, Tom e Jorge conversavam; tinham um universo de fantasias apenas deles, no qual super-heróis conviviam com brinquedos falantes e personagens de desenhos animados, e uma ávida curiosidade pelo significado das palavras. Naquele momento, Tom *precisava* saber qual era a diferença entre *mar* e *oceano*. Patrícia andava mais atrás, carregando os sapatos enganchados nos dedos, lembrando a última vez que tinha estado com Deise, procurando entender, através de fragmentos de passado, seu desaparecimento.

*

Patrícia costumava gostar das férias de verão, quando Tom, Jorge e ela passavam algumas semanas nas praias feias do litoral norte gaúcho. Pela manhã, instalavam o guarda-sol listrado a uma distância segura da beira do mar, impedindo que o avanço da maré sugasse os valiosos chinelos do Batman que Tom se recusava a aposentar, mesmo estando dois números menor. Almoçavam tarde em algum buffet a quilo que permitisse a entrada com roupas de banho; quando fazia muito calor, ela botava Tom no chuveiro de água fria do jardim da casa, onde travavam brincadeiras que não raro terminavam com ela correndo atrás dele pela grama, tentando agarrar com as mãos ensaboadas seu corpo ágil de criança. Depois a família toda se deitava para descansar, acordando apenas no final da tarde, quando Jorge se encarregava de buscar mil-folhas na padaria, o creme de baunilha escorrendo pelas bordas, o açúcar de confeiteiro polvilhando a massa folhada.

No veraneio de 1992, Patrícia não conseguia funcionar como nos anos anteriores. Se distraía com frequência, deixava de ouvir o que o marido falava, esquecia de preparar os lanches de Tom, sequer tinha vontade de se alimentar ou de ir à praia. Emagrecia de modo alarmante. À noite, não conseguia dormir; ia para a varanda, onde escutava baixinho as canções de Caetano Veloso num pequeno aparelho de som, deitada na rede, com as pernas e os braços besuntados de repelente balançando no ar. Seu único desejo era tomar a estrada para Porto Alegre, bater à porta de Deise e perguntar o que havia acontecido.

Apesar de tudo, Tom era a pessoa mais importante da sua vida. Ela amava o filho, celebrava suas conquistas, sua inteligência, seu carisma e a invulgar criatividade que ele demonstrava. Doía muito aquela falta de talento para ser uma mãe decente. Uma paixão marginal como a que sentia por Deise não podia estragar sua relação com o filho, nem destruir a tranquilidade conjugal que ela e Jorge haviam construído para que o menino crescesse com o cuidado e o carinho dos pais. Mas o fato é que já estava destruindo.

Através da solidez do cotidiano, a memória de Deise se infiltrava. Patrícia despertava confusa, achando que havia adormecido ao lado dela e que precisava voltar para casa antes que o marido desconfiasse. Lembrava da maneira como a garota ajeitava os óculos de grau no rosto, segurando pela extremidade da armação, e da seriedade com que fazia perguntas durante as aulas, sem jamais deixar transparecer a tórrida relação extraclasse que as duas mantinham.

Em algum momento, Deise confiou a chave do portão do seu prédio para que Patrícia a esperasse do lado de dentro — isso significava alguma coisa, tinha de significar. Porém, havia boas razões para suspeitar da falta de honestidade de Deise, ou, ao menos, da sua tendência à dissimulação. Uma parte significativa da sua vida permanecia obscura: evitava falar de si, limitando-se a comentários sobre suas leituras, os filmes que tinha assistido, a crescente insatisfação com a esterilidade do jornalismo e os duelos intelectuais que travava com os colegas de curso. Durante a semana, Patrícia a encontrava apenas por algumas horas — em geral, nos fins de tarde em que deveria estar preparando as próximas aulas, participando de eventos universitários ou resolvendo pendências no hospital. Viam-se sempre no apartamento de Deise, um conjugado minúsculo, com uma cama de solteiro, pilhas de livros pavimentando as paredes e uma bancada de estudos iluminada por um estranho abajur — uma peça com base de ferro que parecia contemporânea à própria invenção da luz elétrica.

— Era de uma mulher do lugar onde eu nasci — disse Deise.

Enquanto Patrícia estudava os detalhes do antigo abajur, Deise permanecia deitada na cama, de olhos fechados e braços cruzados atrás da cabeça.

— Ela te deu?

— Não. É que, quando ela morreu, colocaram todas as roupas e coisas dela na frente da casa, mas nem os lixeiros quiseram pegar. Eu gostei desse abajur e levei.

— Por que ninguém mais quis?

— Porque ela tinha um pacto com o demônio.

Num gesto instintivo, Patrícia afastou a mão do abajur e olhou para trás. Havia um ligeiro sorriso no rosto de Deise, mas seus olhos continuavam fechados.

— Como assim?

— Era nisso que as pessoas acreditavam.

— Mas por quê?

Deise ergueu um pouco o tronco, cotovelos fincados no colchão.

— Abre aquela segunda gaveta — disse, apontando para o armário que ficava sob a escrivaninha.

Patrícia obedeceu. Encontrou um monte de pastas de papel pardo com nomes escritos com caneta hidrocor vermelha.

— A pasta onde tá escrito *mulher poltergeist*.

Deise sentou na cama, os joelhos dobrados e as pernas finas cruzadas, derrubando o lençol verde-água no chão e colocando os óculos de grau redondos que havia deixado sobre a mesa de cabeceira.

— Essa aqui? — perguntou Patrícia, sacudindo a pasta no ar.
— Isso. Pode abrir.

Lá dentro, uma porção de papéis manuscritos e datilografados, além de três fotografias: todas de uma mulher sentada ao lado de um fogão a lenha azul, com um lenço amarrado na cabeça e o rosto coberto de cicatrizes.

*

Patrícia inventou uma desculpa profissional para voltar quatro dias antes do fim da temporada de férias da família, deixando Tom e Jorge sozinhos na casa da praia: revisar alguns conteúdos para o semestre e participar de reuniões no hospital. Nem chegou a deixar o carro em casa; estacionou numa rua lateral e usou a chave que Deise tinha dado para abrir o portão do prédio. Subiu correndo os três lances de escada que levavam ao 401, se postou ofegante diante da porta e tocou a campainha várias vezes.

Depois de algum tempo, a luz do corredor apagou. Não havia nenhum ruído lá dentro.

Ela se acomodou sobre o capacho, escorada junto à porta, e fechou os olhos. Tentou pensar no que diria a Deise — se transmitiria a raiva ou a saudade, o ímpeto de beijá-la ou de ofendê-la. Tentou pensar no que diria a Jorge, caso um dia resolvesse colocar a decência de contar a verdade à frente do seu egoísmo. Tentou pensar no que diria a si mesma para explicar por que se submetia àquela constrangedora situação, por que não esquecia aquela garota dez anos mais jovem, incapaz de medir as consequências dos seus movimentos e que sequer devia saber muito bem o que estava fazendo.

Acordou numa hora incerta, com a luz pálida do corredor se chocando contra suas pálpebras. Quando conseguiu abrir os olhos, viu os tênis de cano alto, cobertos de pó. Viu os dois centímetros de meias cinzas avançando sobre as canelas finas e a bermuda justa desfiada na altura dos joelhos. Viu os anéis de pedra cintilando nos dedos compridos, a mão se estendendo sobre sua cabeça e inserindo a chave na fechadura.

— Cuidado aí, Pat — disse Deise, destrancando a porta.

*

Deise colocou a mochila sobre a cadeira e lavou as mãos na pia da cozinha. Abriu uma lata de cerveja e um pacote de biscoitos de milho verde.

— Quer uma? — perguntou, acenando com a cerveja na direção de Patrícia, que, parada à porta da cozinha, tentava entender se a outra estava irritada ou alegre em vê-la.

— Não, obrigada.

— Passei o dia fora. Tô morrendo de fome.

Deise contornou a visita e se sentou à mesa da escrivaninha, onde se espalhavam inúmeras folhas de papel rabiscadas em letras miúdas e seis caderninhos — todos iguais, com capas vermelhas e lisas. Começou a comer os biscoitos e a beber a cerveja, com o olhar fixo no quadro que ficava logo acima da sua cama, um pôster de 2001: *uma odisseia no espaço*, já rasgado nas bordas, mostrando as engrenagens de uma nave espacial. Ela parecia ter imergido numa espécie de estado catatônico, o que não era inédito — conseguia invocar uma persona bastante teatral quando convinha. Pequenas manchas de suor e sujeira maculavam o tecido da sua camiseta cinza. Patrícia sentou à beira da cama, colocando-se de frente para Deise.

— Tu tá toda suja. Onde tu andava?

Deise bebeu um gole da cerveja.

— Oi?

— Essas semanas todas.

Deise terminou de engolir mais um biscoito de milho antes de responder, balançando de leve os ombros.

— Vivendo.

— Tu desapareceu — disse Patrícia, com mais ímpeto do que gostaria. — Tentei te ligar, tentei vir aqui...

— Eu tô aqui.

— Eu fiquei te esperando na tua porta.

— E eu cheguei.

Deise sorriu, cruzando as pernas. Alguns arranhões marcavam sua pele.

— E se eu não tivesse vindo? — Patrícia perguntou.

Deise bebeu um gole de cerveja e ficou tempo suficiente em silêncio para abater qualquer esperança de resposta.

*

Os movimentos do banho regiam os sons do chuveiro. Patrícia permanecia à beira da cama, pensando se deveria revirar os papéis e o conteúdo das gavetas de Deise; talvez fosse a única maneira de acessar algo verdadeiro sobre ela. Em vez disso, abriu seu pequeno armário de roupas, cheio de peças escuras, calças jeans, bermudas rasgadas e camisetas masculinas com nomes de bandas de rock. Além dos tênis de cano alto, havia outros dois pares — um All Star branco que precisava de uma lavagem urgente e um Reebok preto, que só podia funcionar nos looks indisciplinados de Deise ou nos pés de alguma velhinha que, na hora de comprar, os achou muito confortáveis. Um pouco da irritação que sentia cedeu diante do conteúdo adolescente daquele armário. Se viu sorrindo para os poucos cabides, os tecidos amassados e as estampas que ansiavam por traduzir gostos e traços de personalidade.

Patrícia despiu a camisa vermelha, se livrou dos sapatos, da bermuda de alfaiataria, da calcinha de renda e do sutiã. Ao primeiro contato com o ar, os bicos dos seios enrijeceram. Andou até a porta do banheiro e a abriu com cuidado. Braços delgados se recortavam contra a cortina de plástico, que Patrícia arrastou devagar pelo trilho.

Os cabelos encharcados de Deise aderiam à pele, alcançando as espáduas; os lábios cheios e brilhantes ensaiaram alguma frase, que ficou cortada sob o contato da boca de Patrícia. Com a água quente escorrendo sobre os corpos, as duas se envolveram num beijo cada vez mais penetrante. Deise a abraçou com uma força inesperada, encostando o rosto no seu peito. Gotas luminosas pingavam dos cílios, do nariz e do queixo. O cheiro frutado dos produtos do banho envolvia as duas num torpor quente.

Patrícia desceu as mãos dos ombros até as coxas da garota, deslizando pelo fluxo aquoso de sabonete e desejo. Abafada pelo som das linhas d'água, com as costas escorregando nos azulejos e as mãos agarrando as cortinas, Deise se entregou por inteiro, por minutos que se fundiram num tempo incalculável e entorpecente. Patrícia retornou aos seus lábios, espremendo os seios grandes contra aqueles bicos castanhos e pequenos, segurando o corpo letárgico da garota nos braços.

— Senti falta disso — Patrícia disse, junto aos cabelos de Deise, deslizando as mãos até a parte de trás das pernas da garota e a erguendo sem dificuldade contra si. — De tudo.

*

Desde aquela noite até o retorno de Tom e Jorge, transcorreram três dias intensos, em que as duas se comunicaram entre corpos e silêncios. Uma rotina precária se estabeleceu: por volta das seis horas da tarde, Patrícia saía para comprar comida pronta em algum restaurante da região, aproveitando para telefonar para o marido e perguntar sobre Tom. Tentava conter a energia passional na voz; dizia que os estudos iam muito bem, embora cansativos, e que procurava mudar um pouco o ambiente para não permanecer tantas horas isolada em casa.

De fato, estava estudando. Levou para o apartamento de Deise os livros de psiquiatria e ajeitou espaço para as duas na mesa, colocando a cadeira da cozinha ao lado da cadeira giratória e esfarrapada. Deise precisava entregar uma matéria para uma revista especializada em música, uma biografia sobre Ian Curtis, líder da Joy Division, que, no dia 2 de maio de 1980, havia se enforcado aos vinte e três anos de idade. Escrevia numa caligrafia que oscilava entre frenética e metódica. Depois de refazer dezenas de vezes o mesmo trecho, mostrava o resultado para Patrícia, que sugeria ajustes pontuais:

— Se eu não conheço esse cantor, talvez muita gente também não conheça. Acho que tu podia descrever melhor o jeito dele, explicar como era essa dança epilética.

Deise acatava a maior parte das sugestões, fazendo perguntas sobre os possíveis distúrbios psiquiátricos de Ian Curtis e tomando notas sem qualquer ordem nos caderninhos vermelhos. Patrícia sublinhava seus livros de psiquiatria e construía esquemas de aula com canetas coloridas. Às vezes, num gesto distraído, a mão de Deise pousava sobre a coxa da professora, ou então ela se levantava de repente, andando pelo quarto sem camiseta, enquanto o VHS do show do Joy Division passava em volume baixo na tevê, competindo com o barulho do ventilador de coluna instalado ao lado da escrivaninha. Patrícia alternava entre a cadeira e a cama, distribuindo sua atenção entre as páginas dos livros e o torso nu de Deise, em cujo braço direito latejava um músculo conforme a caneta azul imprimia palavras nervosas às folhas de papel. Assistir o processo criativo tempestuoso de Deise era excitante. Juntas esgotavam em poucos minutos a jarra de café preto, que Patrícia tratava de preencher e servir nas duas únicas xícaras da casa, ambas lascadas.

Tomar banho se tornou uma atividade mútua: peles que deslizavam, odores químicos, reentrâncias úmidas, beijos e cabelos encharcados. Mesmo durante as ávidas jornadas de trabalho, perdurava uma latência sexual cujo vigor qualquer faísca conseguia deflagrar. Patrícia colocava o livro sobre a mesa de cabeceira e se deitava na cama, deixando à mostra uma faixa do abdômen; logo Deise punha de lado seus manuscritos e se aproximava, pupilas vibrando, lábios incandescentes. Ou então Deise pulava sobre o colo de Patrícia, beijando com a mesma sofreguidão com que, há um minuto, despejava tinta esferográfica nas fibras de papel sob a corrente de ar do ventilador. Entravam pela madrugada sem jamais consultar os relógios, bebendo café e se alimentando conforme o clamor da fome. Dormiam abraçadas e nuas.

— La petite mort — disse Patrícia, passando as unhas pelas costas de Deise, criando vincos avermelhados na sua pele.

— Hum? — murmurou a garota, à beira do sono. Os pelos arrepiavam conforme a brisa da madrugada escorregava sobre as coxas.

— É como os franceses chamam a melancolia depois do orgasmo. A pequena morte.

Os olhos de Deise se abriram, duas poças negras brilhando sob a luz indireta da lua.

— A pequena morte?

— Isso.

— Achei maravilhoso. Tu pode me lembrar disso de novo algum dia?

— Posso, claro — disse Patrícia, acomodando outra vez a cabeça da garota sobre seus seios. — Todas as vezes que tu quiser.

*

O chuveiro gotejava sobre um tubo vazio de xampu, gotas espessas que caíam quentes e sonoras sobre o plástico. Patrícia se levantou e beijou a nuca de Deise. Caminhou até o banheiro e apertou com força o registro.

Embora suas vidas parecessem suspensas dentro daquelas paredes, o tempo era imparável. Água, plasma, sabão, cafeína, saliva, umidade, perfume — tudo escorria pelo gargalo estreito da ampulheta que separava a vida oficial da paixão delinquente. Ambas sabiam disso: viviam os dias com fúria, mordiam-se os lábios, trabalhavam com fervor. Por causa de uma brincadeira iniciada por Deise, começaram a dizer frases surreais uma para a outra, ideias sem nexo que lampejavam nas suas mentes túrbidas:

— Não quero voltar a carregar aquela mochila de conchas.

— A paixão é uma fábrica de suores.

— Até meus dentes me mordem.

Às vésperas da volta de Tom e Jorge, Patrícia passou em casa. Os cômodos amplos, a mobília lustrosa e o cheiro de uma longa ausência não explicavam todo o desconforto que a invadiu. Ao cruzar pelo quarto de Tom e ver o trenzinho vermelho parado sobre os trilhos, sentiu um enjoo paralisante. A lâmina de barbear de Jorge, os cremes hidratantes que ela passava nas mãos antes de dormir, a cama de casal e as fronhas de cetim ilustravam uma vida que se desintegrava.

O marido e o filho voltariam no meio da tarde de domingo. Ela escolheu um vinho apenas razoável na adega para passar a última noite com Deise.

A garota esperava sua volta com um ar intranquilo. Os óculos de grau pareciam ainda maiores no rosto cansado, a luz do abajur lançava sombras profundas abaixo das costelas, as bermudas desfiadas ameaçavam se descoser, os cabelos cobriam as orelhas e a nuca em ondas tempestuosas.

— Pra nossa última noite — comentou Patrícia, mostrando a garrafa de vinho.

Deise pegou a garrafa e, sem dar muita importância, colocou sobre a mesa da cozinha. Enlaçou o pescoço de Patrícia e a beijou.

— E depois? — disse Patrícia, numa última investida da conversa que planejava ter desde o momento em que cochilou junto à porta do apartamento, dias atrás.

— Depois, depois — suspirou Deise, expelindo as palavras do fundo dos pulmões.

Patrícia a segurou com força pelos ombros.

— O que tu quer, Deise?

Deise deixou a cabeça pender para trás. Fechou os olhos e armou um sorriso de malícia.

— O que tu quer, Pat?

Patrícia segurou seu maxilar, fazendo-a abrir os olhos.

— Eu te quero.

*

Voltar para casa, dormir ao lado de Jorge, preparar as panquecas matinais do filho. Patrícia compensava seu distanciamento progressivo do marido com um redobrado esforço materno em relação a Tom. Voltou a trabalhar no hospital e, durante duas semanas, não procurou Deise.

Numa sexta-feira, ao sair de um expediente penoso na unidade de internação psiquiátrica, encontrou um envelope preto preso ao para-brisa do carro. Correu o olhar pelo estacionamento: o alarme de algum carro piscando, ecos de passos na distância. O coração esmurrava o peito. Com as mãos trêmulas sobre o volante, dirigiu até o centro da cidade, conferindo, em cada semáforo, se o envelope preto permanecia no banco do carona.

Estacionou o veículo numa rua lateral e caminhou com os passos convictos de quem possui um destino irrenunciável. Foi pela ansiedade de encontrar um ambiente tranquilo que subiu as largas escadarias da igreja. Nunca teve nenhuma espécie de admiração pela arquitetura dos templos antigos; as imagens barrocas e a imensa abóbada eram tão insignificantes para ela que se preocupou apenas em sentar o mais longe possível das senhoras que professavam sua fé em orações silenciosas, castigando as articulações já tomadas de osteoporose e artrite sobre os genuflexórios.

Descolou a aba do envelope. A caligrafia nervosa de Deise, ligeiramente inclinada, se distribuía em frases assimétricas ao longo de duas folhas de caderno, ainda com as rebarbas.

*

Pat,

Se você nunca mais viesse, então aquele beijo distraído no portão do meu prédio teria de servir como um longo adeus. Eu tento sempre me lembrar de tudo, mesmo que não pareça importante ou único, porque tudo pode se revelar importante e único mais tarde.

Eu pedi, mas você nunca voltou a me lembrar da pequena morte. La petite mort. É uma expressão linda demais para ser esquecida. Uma expressão linda demais para não ter traduções em todas as línguas. Uma expressão linda demais para não permanecer.

Quer saber, Pat? Você não sabe muita coisa a meu respeito. Você faz poucas perguntas e se satisfaz com o pouco que eu conto. Você não tem nem ideia de quem eu sou quando você não está aqui.

Agora é madrugada e eu estou bêbada. No final das contas, também havia guardado um vinho para aquela noite. Um vinho que não bebemos. Você trouxe outra garrafa, era melhor do que a minha. Será que você precisa ser melhor do que eu, Pat?

Eu tenho medo que você seja ainda melhor do que eu em deixar as coisas para trás.

Desde que ouvi você falar naquela palestra, com suas pausas, a voz intensa, o jeito de perder o raciocínio, suspender o tempo e depois retomá-lo, desde aquele momento eu quis saber das suas fugas. Onde você está quando não se mostra? Onde você anda agora, em que pensamento, em que desejo, em que tristeza?

Frequentei suas aulas, aprendi sobre seus interesses, ouvi quando se referiram a você como... deixa pra lá. Algo obsceno. Não pude dizer nada, porque, bem, você não é minha.

Você algum dia foi minha, Pat?

Sempre voltando pro seu marido, seu filho, sua profissão, sua vida digna. Era você que estava sempre indo embora, não eu.

Eu fui atrás de você. Agora você precisa vir atrás de mim.

As ruas estão gastas. Não existe mais espaço para nós aqui. Estamos presas dentro de muitas pupilas. Testemunhas de uma história velha.

Sua história, essa alegre vida conjugal, foi escrita com tinta que não se apaga. Mas eu acho, Pat, que ela não foi escrita por você: foi escrita para você. Não existem escolhas compulsórias. E, ainda que o destino seja compulsório, eu preciso pedir que você venha comigo. Essa cidade acabou para mim. Acabou para nós duas.

Eu te deixo uma escolha muito difícil: não me procure mais, exceto se estiver disposta a viver de verdade. Algo imenso.

Entreguei o apartamento e estou indo embora. Não venha dormir na minha porta.

Daqui a um mês, no dia 15 de março, na rodoviária de Porto Alegre, às duas horas da tarde, vou esperar por você. Quero que você venha comigo.

Você é a minha escolha, mas vou esperar por você apenas dessa vez.

Com sua experiência e um pouco de esforço, não vai ser difícil se restabelecer em outro lugar. Não é preciso tomar o ônibus para Buenos Aires ao meu lado no próximo dia 15, mas é preciso tomar a decisão: você será capaz de fazer isso algum dia? Apareça na rodoviária, junto ao ponto de táxi, apenas se quiser vir comigo algum dia. Não apareça para se despedir.

Ajeite sua vida em Porto Alegre, traga Tom para morar com a gente, eu não me importo.

Pat, você não acredita em deus. Eu também não. Por isso, é urgente que sejamos felizes.

Nosso tempo é agora.

Eu não amaria você se achasse que não é capaz de viver algo maior do que essa sua vida ordinária.

Seu tempo é agora.

D.

*

No inverno de 1992, Patrícia viajou duas vezes a Buenos Aires. Escolheram um apartamento num prédio antigo no bairro de Palermo, cuja reforma Deise assumiu, pintando ela mesma as paredes, mobiliando os cômodos e encontrando algumas peças extraordinárias nos antiquários de San Telmo — um lustre que debulhava gotas de cristal sobre a mesa de jantar, projetando fragmentos de arco-íris nas paredes da sala, e uma estante de madeira de demolição, que logo se encheu das cores da biblioteca das duas. Falavam-se por telefone algumas vezes por semana; nessas ocasiões, Deise fornecia relatórios detalhados sobre a concretização do sonho, evocando toda a felicidade que as esperava na capital argentina.

No avesso do sonho havia Tom. Embora diante dele Jorge e Patrícia tentassem tratar o divórcio com relativa leveza, o comportamento taciturno do garoto a lembrava do quão egoísta estava sendo por colocar seus impulsos românticos à frente do próprio filho. Ocorre que ninguém nesse mundo é feliz tendo amado uma vez, e Patrícia *precisava* ser feliz, pois, se mergulhasse cada vez mais na própria insatisfação, acabaria arrastando o filho e o marido consigo.

Jorge não precisou de muitas explicações para entender o que havia acontecido. Ao longo do casamento, a independência emocional de Patrícia tinha se transformado em desconexão afetiva. Ele se calou por alguns dias, indo dormir na casa da mãe, e, quando voltou ao apartamento que dividiam, munido de uma vaga esperança de que Patrícia recuaria da decisão, pediu que ela ficasse, pois tinha certeza de que, ao lado de quem quer que fosse, ela chegaria ao mesmo ponto onde estavam: um tanto entediados, sim, pois a paixão sossega, e depois dela nem sempre resta o amor e o cuidado que tinham um com o outro e com o filho pequeno. Patrícia reconhecia que o raciocínio dele era lúcido, por isso chorava, pedia desculpas, dizia que não havia planejado nada daquilo e que Tom seria sempre a parte mais importante da sua existência, mas nem por um segundo cogitou recuar. Não tinha mais o otimismo despreocupado da juventude, havia percebido que a paixão irrompe poucas vezes no decorrer de uma vida, um evento raro que não se repete em qualquer esquina. Ela precisava partir, viver ao lado de Deise, até mesmo se cansar dela — sim, era provável que Jorge estivesse certo, um dia a relação das duas também seria consumida pelo cotidiano. No entanto, sabia que uma estrada não trilhada também pode levar a lugares hostis. A um amor naufragado conseguiria sobreviver, uma pessoa concreta aprenderia a perder — uma idealização, uma ideia, uma fantasia, essas sim podem levar alguém à loucura.

*

Antes do Natal de 1992, Patrícia dirigiu durante quase dezoito horas, levando as últimas malas no bagageiro do Fiat Tempra. Ao introduzir a chave na porta do apartamento de Palermo, o cansaço da viagem se transformou numa excitação de repercussões corporais. Um grilo cricrilava nas escadarias do prédio, uma mecha de cabelo cobriu seus olhos, e talvez por isso ela tenha começado a pensar naquele verme de que tinha ouvido falar, uma larva que se entranha nos corpos dos grilos, desenvolvendo-se dentro dos exoesqueletos até se tornar um comprido e esguio parasita que controla o sistema nervoso central do inseto, permitindo que ele continue vivendo sem perturbação aparente — exceto um atípico silêncio — até o dia em que comete suicídio mergulhando em alguma poça d'água ou riacho, e nesse momento o fio de cabelo nematomorfo abre um rombo no abdômen do seu hospedeiro, que morre afogado enquanto o parasita continua seu ciclo em busca de um parceiro para acasalar.

Deise estava diante da porta, com um cachimbo pendendo do canto da boca, a fumaça branca nublando seus olhos. Um chapéu de feltro encobria parte dos cabelos. Patrícia largou as malas na entrada do apartamento, mas permaneceu imóvel diante do fascínio quase irreal daquela presença. Havia um aroma confortável de tabaco e cereja no ambiente e um aparelho de som tocava *When I'm sixty-four*, do álbum favorito de Patrícia: *Sgt. Pepper's Lonely Hearts Club Band*.

Deise tirou o cachimbo da boca, ergueu a sobrancelha e inclinou um pouco a cabeça. Seus pés descalços pisavam o assoalho de madeira.

— Bem-vinda, mon amour — ela disse, abrindo os braços.

Patrícia avançou devagar, enleou seu corpo ao dela, bebeu seu cheiro complexo, reconheceu-a por completo, tirou o cachimbo da mão dela:

— Desde quando isso aqui?

*

Deise havia adquirido o hábito de fumar cachimbo enquanto escrevia, alimentando o fornilho com blends aromáticos comprados numa pequena tabacaria do bairro portenho. Acordava por volta das cinco e meia da manhã, passava um café e se trancava no escritório, de onde só saía na hora do almoço, retornando logo após uma sesta de rigorosos trinta minutos. Escrevia textos por iniciativa própria e procurava vendê-los a valores módicos para revistas de arte, literatura, música, cinema e até mesmo para publicações direcionadas aos fãs de crimes reais, abordando as mentes de psicopatas célebres, no que Patrícia colaborava de maneira significativa. A natureza desinibida de Deise havia rendido a ela uma teia razoável de contatos dentro do mercado editorial, de modo que chegava a ser requisitada para uma ou outra matéria em revistas de boa circulação. Para ganhar algum dinheiro, traduzia reportagens do inglês e do espanhol para o português e redigia obituários para jornais.

Para Patrícia, o cheiro de tabaco e café, os toques secos da máquina de escrever e os beijos súbitos na cozinha eram os componentes sensoriais da felicidade. Não importava que Deise alternasse os rompantes passionais com longos períodos de introspecção e isolamento; nas horas solitárias, Patrícia se entretinha explorando as possibilidades da metrópole, tornando-se cada vez mais familiar a ela, detendo-se junto aos monumentos para admirar seu esplendor e colocando à prova seu razoável domínio do espanhol.

Às vésperas da noite de Natal de 1992, as duas se dedicaram à preparação da ceia, que se resumia a um peru de tez pálida adquirido na seção de congelados do supermercado. A falta de sentido das suas manobras culinárias — Patrícia despejando vinho branco sobre a carne, Deise atando as pernas da ave com um pedaço de fio dental com sabor de hortelã — culminou numa tarde de risos e numa carne insossa, quase crua, que serviram ao lado de uma vasilha de farofa industrial. Anestesiaram o paladar com duas garrafas de champanhe, se despindo das roupas e de qualquer vestígio do espírito natalino sobre as almofadas do sofá.

— Espera um pouco aqui — disse Deise, retendo o rosto de Patrícia entre as mãos e a beijando com determinação na boca. — Vou buscar uma coisa.

Faltavam cinco minutos para a meia-noite. Patrícia enlaçou os joelhos com os braços. Conseguia ouvir o próprio coração pulsar. Concentrando-se em cada instante, impedia que o momento passasse. Ainda estava ali, ainda estava acontecendo. Estar com Deise não era feliz: era assustadoramente irreal. Minutos que se moviam como as partículas cintilantes de uma chuva radioativa.

Num delírio de embriaguez, Patrícia pensou que Deise voltaria com uma faca, colocando fim a tudo.

Ela, no entanto, apareceu com um violão de cordas de náilon, que sustentava sobre o ombro com uma correia de couro. O seio pequeno se encaixava na sinuosidade do corpo do instrumento, numa íntima ligação entre a pele e a madeira.

— Que violão é esse? Desde quando tu toca? — Patrícia perguntou, logo percebendo que seria melhor ficar calada.

Deise ajeitou os dedos no braço do instrumento. Os cabelos cobriam parte do rosto, os cílios se encompridavam diante dos olhos, os lábios grossos pareciam emitir um som inaudível. Nunca esteve tão magnífica.

Passou os dedos pelas cordas, extraindo delas um som limpo. A sucessão de notas e os movimentos cada vez mais seguros iam formando a melodia de *Something*, dos Beatles. A voz densa e afinada se alocava entre as variações dos acordes, elevando-se conforme os sentimentos da música se tornavam mais agudos, mais intensos, e ainda levaria uma porção de anos para que Patrícia interpretasse essa enigmática performance como um aviso, uma cláusula de risco, e não uma simples declaração de amor.

*

Tom aterrissou em Buenos Aires três dias antes da virada do ano, vestindo bermudas de sarja e uma camiseta preta lisa. Já não era o mesmo garotinho obstinado com suas estampas de super-herói, alheio ao universo torpe dos adultos.

Patrícia apertou o filho nos braços e acariciou seus cabelos, bagunçando a franja que invadia a testa do menino. A infância tinha o cheiro do sabonete que ele usava: um cheiro que, dentro de alguns anos, abandonaria sua pele.

— Como foi a viagem, filho?

Tom balançou os ombros. Uma aeromoça, cuja simpatia bem treinada nada tinha de acolhedora, havia passado a viagem inteira de olho nele, perguntando como estava se sentindo, se precisava de alguma coisa, se desejava ir ao banheiro — uma decisão que ele era perfeitamente capaz de assumir, mesmo diante dos desafios que viajar sozinho representava. Para sua surpresa, a mulher fez com que ele aguardasse o desembarque de todos os demais passageiros e tratou de seguir no seu encalço até que ambos enxergassem Patrícia em meio ao bolo de gente que esperava junto ao portão. Antes disso, Tom havia tentado se livrar da aeromoça na área das bagagens, dizendo que conseguia tirar a mala da esteira sem ajuda, mas ela não se deu por vencida. Aliás, sequer se preocupou em responder: apenas sorriu para ele como se sorri a um cachorrinho. Por todos esses motivos, a experiência da viagem tinha sido um tanto constrangedora — ele se sentia grande demais para uma babá —, algo que preferia esquecer em vez de relatar à mãe.

No trajeto de carro até o apartamento de Palermo, Patrícia perguntou sobre a escola, os amigos, o futebol. Tom guardava uma distância distraída, dando respostas vagas, quando não evasivas; em poucos meses, a intimidade dos dois havia desaparecido.

— Filho, o teu pai deve ter falado que a mãe tá morando com uma moça. Ele falou?

Pelo retrovisor, Patrícia viu Tom assentir com a cabeça. Mediados pelo espelho, os olhos dos dois se cruzaram, numa desconfiança mútua.

— É a tia Deise. Tu vai gostar dela.

*

Deise tocava violão quando Patrícia e Tom entraram. Com as pernas cruzadas sobre o sofá, repetia incansavelmente o clássico riff de *Daytripper*. Só após concluir com perfeição a frase musical é que se voltou para os dois.

— Deise, esse é o Tom — disse Patrícia, com a mão apoiada no ombro do menino, que deu um passo à frente.

Alguns dias depois, Patrícia concluiria que o grande trunfo de Deise com Tom foi tratá-lo, desde o início, com certa polidez, evitando lançar sobre ele a afeição compulsória — de baixíssima credibilidade — que os adultos costumam despejar sobre as crianças. Ela apenas pôs de lado o violão, caminhou até ele com um sorriso agradável, se abaixou até que seus olhos estivessem alinhados e apertou sua pequena mão.

*

Deise levou Tom para passear uma porção de vezes naquelas férias. Conforme Patrícia reconquistava sua postura materna, colocando o garoto para dormir num horário razoável e providenciando refeições nutritivas, Deise assumiu um papel quase antagônico, cúmplice de aventuras e pequenas transgressões. Foi ela quem o levou a um parque aquático e mentiu sua idade para andar nos brinquedos mais interessantes. Desafiou ele a descer um tobogã radical e, em troca, comprou para ele um pacote de balas de gelatina cheias de açúcar e corante. Os dois adquiriram uma coleção de livros de terror, que Deise leu para o menino à noite, sob uma cabana de lençóis, o rosto iluminado de baixo para cima por uma lanterna a pilha, vozes sinistras, silêncios suspeitos e berros repentinos colorindo as reviravoltas do enredo. Tom não se deixava dominar pelo medo. Do quarto, Patrícia ouvia as risadas e os gritos, um pouco surpresa com a desenvoltura de Deise, mas sobretudo aliviada com a alegria do filho.

Ao longo de dois meses, os três assistiram filmes no cinema, alugaram fitas na locadora, pediram uma dezena de pizzas de frango com catupiry — o sabor favorito de Tom — e organizaram verdadeiros saraus musicais na sala de estar, com Deise compondo no violão canções com títulos estrambólicos: *Tom odeia alface*, *Deise é quem sabe* e *A mamãe queimou o bolo*. Passearam no shopping, comeram em restaurantes fast food e se divertiram muito mais do que o suficiente para que Tom voltasse para casa dizendo que suas férias haviam sido incríveis e que o quarto reservado a ele no apartamento de Buenos Aires tinha uma televisão onde as vozes castelhanas do Scooby-Doo e do Salsicha eram muito mais legais.

Esses meses de convivência se repetiram nos sete verões seguintes, durante os quais Deise e Tom desenvolveram uma forte amizade. Ele tinha por ela uma admiração incalculável; ela era sua referência intelectual, a pessoa com quem ele conseguia ter os diálogos mais inspiradores sobre cinema, literatura, filosofia, relações e até mesmo sexo. A adolescência o distanciou dos pais, mas nunca de Deise — e isso só foi possível porque, desde o princípio, o vínculo entre os dois se construiu longe das divisas maternas.

Quando Tom vinha a Buenos Aires, passava grande parte do tempo com Deise, frequentando salas de cinema e livrarias. Ela o introduziu a Hitchcock, Kubrick, Hammett e Raymond Chandler. Durante a madrugada, escutavam discos e assistiam os clássicos; de dia, passavam horas nos cafés conversando sobre cinema, literatura e rock.

Em contraste com os momentos inspiradores que desfrutava na capital argentina, Tom se sentia cada vez mais deslocado em Porto Alegre. Não gostava do colégio de padres onde estudava, frequentado por garotos fanáticos por futebol e alheios a qualquer sensibilidade artística. O pai tinha se casado de novo, dessa vez com uma mulher mais jovem que mantinha por Tom uma distância fácil de ser confundida com desprezo. Para tornar a situação ainda mais delicada, ela estava esperando um bebê. Embora Jorge oferecesse ao filho todo o suporte financeiro de que necessitava, não tinham gostos similares, e o assunto mais complexo que conseguiam desenvolver girava em torno da situação política do país. Por todas essas razões, aos quinze anos Tom se mudou para o apartamento de Buenos Aires, decidido a cursar lá os últimos anos de colégio — no que foi incentivado pela mãe e por Deise.

Mas entre as duas as coisas haviam mudado.

*

As horas de isolamento se transformaram em dias inteiros. Deise trancava o escritório ao entrar e sair, de modo que o contato que Patrícia tinha com o que acontecia lá dentro se limitava a vislumbres durante os movimentos da porta.

Embora trabalhasse o dia inteiro, Deise nunca conseguia concluir nenhum dos seus grandiosos projetos. Já tendo atravessado a fronteira dos trinta anos de idade, via sua carreira resumida a poucas publicações notáveis e algumas traduções de maior circulação — trabalhos que detestava fazer, porque, de acordo com ela, disseminavam *ideias de terceiros*. Enquanto isso, Patrícia se tornava referência em emergências psiquiátricas, atendimentos de casos agudos, manejo de risco de suicídio, agitação psicomotora, autolesão e heteroagressividade, ministrando uma série de cursos para profissionais da saúde e aulas magnas em universidades latino-americanas.

Ela compreendia que Deise ignorasse suas conquistas profissionais; com dez anos de diferença, as duas estavam em estágios diferentes da carreira. Ninguém razoável suspeitaria do talento de Deise, e talvez o que a atrapalhasse fosse mesmo seu rigor, seu desinteresse pelo jornalismo tópico e sua dedicação às histórias marginais: em outras palavras, seu idealismo. Era admirável como podia se doar a alguma ideia, empreendendo pesquisas de campo em lugares tão inóspitos quanto manicômios, zonas de prostituição e cultos religiosos. Tirava excelentes fotografias e conseguia captar a confiança das pessoas mais intratáveis. A questão é que, após colher o material em volumosos arquivos, se deixava seduzir por qualquer nova ideia, que parecia sempre muito mais genial do que a anterior.

Ainda havia dias de ternura, lampejos de paixão e discussões profundas entre as duas. Patrícia continuava lendo os fragmentos das matérias que Deise escrevia e nunca deixava de se encantar com a potência da sua escrita, o destemor do seu pensamento, a originalidade das suas leituras da realidade, mas era inquietante como ela parecia cada vez mais incapaz de chegar ao fim de qualquer um dos seus projetos.

Numa noite que se parecia muito com as do passado — as pernas enlaçadas, o ventilador de teto revolvendo o perfume floral dos cremes hidratantes —, Patrícia sugeriu que Deise se concentrasse em concluir ao menos um dos seus maiores projetos.

— Às vezes eu acho que tu tem medo de fracassar.

O corpo de Deise enrijeceu.

— Primeiro tu devia apostar no que tu tem — acrescentou Patrícia. — Se não der certo, aí sim. E tudo bem se...

— Eu acho que nós temos ideias muito diferentes do que é fracasso.

Deise se levantou da cama e juntou sua camiseta preta do chão.

— Como assim?

Ela abotoou com pressa o jeans, as mãos trêmulas erraram os botões.

— Como assim, Deise?

Antes de sair, voltou o rosto para Patrícia:

— Foi do fracasso que eu te livrei uns anos atrás.

Bateu com força a porta do quarto e, logo depois, a do apartamento.

*

No segundo dia desde a saída abrupta de Deise, Patrícia justificou para si mesma a urgência de entrar no escritório, violando aquela barreira imposta dentro da própria casa. Não acreditava que Deise — para quem ficar incomunicável por longos períodos era quase um traço de personalidade — pudesse ter sofrido algum acidente, mas queria verificar se ao menos ela havia levado a carteira com dinheiro e documentos. Por isso, telefonou para um chaveiro e pediu que encontrasse uma maneira de abrir a fechadura sem danificá-la.

Recortes de jornais, anotações e esquemas colados com fita crepe nas paredes, pilhas de papel, folhas arrancadas de revistas, pastas pardas e caixas de arquivo espalhadas pelo piso e pelas estantes. A máquina de escrever e o computador disputavam espaço na mesa de trabalho, junto com uma infinidade de canetas, copos e blocos de anotações preenchidos. Uma cama com colchão, lençol e travesseiro despontava junto a uma das paredes, ao lado de dois violões que, no decorrer dos anos, se resignaram ao silêncio. Dentro das pastas, encontrou várias versões das histórias escritas por Deise, grande parte delas em manuscritos rasurados e inacabados. Anos de trabalho obsessivo se sobrepunham nas gavetas, junto com pacotes de tabaco e livros cobertos de notas escritas a mão, cujos diferentes tons de caneta indicavam releituras exaustivas. Dentro dos vasos, as plantas estavam mortas.

Conforme Patrícia mexia nos livros, esvoaçavam pedaços rasgados de papel, que continham expressões e frases que talvez fizessem algum sentido para sua autora, mas não faziam para mais ninguém: *máscaras de chumbo, multiverso inóspito (MI), você viu o gorila?, o universo existe em função de um ser humano em particular, de uma estrela, de uma bala de menta, de uma garrafa de refrigerante.*

Em uma pasta de papel pardo onde se lia *Xerox*, ela encontrou fotografias em preto e branco de Bette Davis, Joan Crawford, Billie Holiday, Greta Garbo, Ella Fitzgerald, Joni Mitchell, Marlene Dietrich, Nina Simone, Audrey Hepburn. Em outra, intitulada *Recibos*, fotografias coloridas de Joan Jett, Debbie Harry, Sharon Stone, Diane Keaton, Susan Sarandon. Na última, chamada *Passagens*, fotografias de mulheres desconhecidas, vestindo apenas calcinhas e sutiãs, em poses sensuais; nenhum nome, nenhuma data.

A carteira e as chaves, entretanto, haviam sido levadas.

*

Deise voltou cinco dias depois, com um aspecto cansado, olheiras fundas, dois ou três quilos mais magra. Patrícia a encontrou sentada no sofá, fumando um cachimbo e lendo El *regreso de Sherlock Holmes*.

Patrícia largou a bolsa sobre a mesa e esfregou os olhos, que ardiam de cansaço.

— É muito interessante — disse Deise, sem desviar o foco do livro. — Eu nunca quis ler essas histórias do Sherlock Holmes que vieram depois do Grande Hiato. Acho um pouco... como eu vou dizer? Ele morreu em O *problema final*...

— Não me interessa — cortou Patrícia.
— Ludibrioso? Essa palavra existe?
— Não gosto de Sherlock Holmes e não me interessa.
— Tu devia ler, Pat. Antes de dizer que não gosta.

Deise colocou o livro de lado, andou até ela e a enlaçou pelas costas, beijando seu pescoço.

— Me solta, Deise.
— Teu cheiro é sempre voltar pra casa, Pat.

*

Quando Tom chegou, duas semanas mais tarde, com malas definitivas, as duas ainda experimentavam a tensa calma que sucede à ressaca. Evitando perturbar a frágil felicidade, Patrícia não mencionou sua entrada furtiva no escritório proibido, nem o que havia encontrado lá dentro.

Tom tinha, então, quinze anos. Vivia com fones nos ouvidos, misturando o rock clássico com as canções hormonais do Blink-182 e os acordes rascantes do Green Day. Com o rosto crivado de espinhas, bermudas largas, meias puxadas sobre as canelas e tênis de skate, não demoraria a formar seu círculo de amigos no colégio, embora preferisse, sempre que possível, passar as tardes conversando com Deise. Seus assuntos iam desde as singularidades da vida cotidiana até as explicações do universo: a teoria das cordas, a teoria de tudo.

Deise continuava com seus expedientes claustrofóbicos dentro do escritório, saindo apenas para preparar jarros de café preto. Havia dias em que atravessava o apartamento num estado tão absorto que era inútil dirigir a ela qualquer palavra; em outros, saía de casa muito cedo, retornando apenas em alguma hora morta da madrugada. Em ocasiões cada vez mais raras, recuperava o ânimo sedutor, mostrando suas produções mais recentes, colocando para tocar algum disco que gostasse, convidando Patrícia para jantar fora, reafirmando seus sentimentos — que, no entanto, se mostravam gradativamente mais obscuros.

*

Embora compensasse as ausências de Deise com sua devoção ao trabalho no hospital, Patrícia era inteligente o bastante para compreender que estava sendo relegada a peça acessória da vida da mulher que amava. Deise oferecia uma parte muito restrita de si, mantendo um mistério ocluso atrás da presença rarefeita. Desde que vieram a Buenos Aires, ela tramou sozinha algo além daquele projeto conjugal em que, agora, Patrícia se via abandonada.

Às três horas de uma madrugada de inverno, Deise entrou no quarto e encontrou Patrícia sentada na cama, olhando para a tela apagada da televisão.

— Não tá conseguindo dormir?

O vento produzia sons sepulcrais nas janelas.

— Eu não sou feliz.

Deise estancou com as mãos na cintura; o músculo do seu maxilar se contraiu.

— Ouviu, Deise? Eu não sou feliz.

Não sentia nem mesmo vontade de chorar. Era apenas uma constatação analgésica, algo que precisava dizer ao menos uma vez.

Deise talvez tenha feito o melhor que pôde naquela noite. Sem dizer nada, deitou ao lado de Patrícia, abraçou-a e puxou um cobertor de lã sobre elas, passando os dedos pelas suas costas até que adormecesse. Às sete horas da manhã, contudo, Deise já havia partido. Sobre o travesseiro, deixou um bilhete: *Preciso de um tempo pra pensar. Não se preocupe comigo, Pat. Encontre dentro de você as coisas que ama e vá atrás delas, como se sua vida dependesse disso. Porque depende. Com amor, Deise.*

*

Dessa vez, Deise tinha levado os óculos de grau que costumava deixar sobre a mesa de cabeceira. As pilhas de roupa remexidas no armário indicavam que havia colocado mudas sobressalentes na mochila. Os coturnos pretos que usava para sair em dias de chuva não estavam, tampouco o All Star verde--musgo e as pantufas de couro forradas com lã.

Patrícia vestiu a velha jaqueta militar marrom que encontrou no armário, em cujo peito Deise um dia costurou um patch do U.S. Army ao lado do patch com o símbolo anarquista. O cheiro de canela a fez investigar os bolsos, onde encontrou um pacote de chicletes, um bóton com o trifólio amarelo e preto de alerta para radiação nuclear e um folheto de pizzaria, no qual alguém com uma caligrafia muito mais rebuscada do que a de Deise tinha anotado um número de telefone.

O rádio-relógio de LED vermelho marcava sete horas e dezoito minutos. Uma claridade difusa se deixava entrever pelas fissuras abertas na parte superior da veneziana. O sistema de calefação gerava um calor entorpecente no quarto.

Patrícia sentou sobre a cama, alisando contra o lençol o folheto da pizzaria. Sem saber muito bem o que esperava descobrir, discou o número de telefone anotado à margem do papel. Segurando entre o ombro e a orelha o aparelho, ouviu chamar algumas vezes antes que uma voz rouca, amarrotada pelo sono recém-interrompido, atendesse:

— ¿Hola? — disse a voz feminina do outro lado, que Patrícia supôs pertencer a uma mulher com seios volumosos emergindo do pijama de renda, os cabelos desfeitos pelo atrito do travesseiro.

— ¿Hola, Virgínia? — repetiu a interlocutora misteriosa, dessa vez numa vibração quase sussurrada, que a imaginação de Patrícia, talhada pelo ciúme, se apressou em transformar num rosto de traçados felinos, adornado por um par de olhos verdes.

— ¿Está todo bien, Virgínia? — insistiu a desconhecida, depois de um prolongado silêncio que a mente de Patrícia preencheu com mais inferências perturbadoras, elaboradas a partir daquelas poucas palavras: a dona daquela voz com certeza ostentava as formas exuberantes da juventude, a pele lisa, as nádegas redondas, o viço irrecuperável e a disposição faminta dos vinte e poucos anos.

— Te extraño. ¿Me escutas? Te extraño, linda — continuou aquela que agora Patrícia imaginava ser uma jovem estudante de letras trabalhando como garçonete por meio período na pizzaria, cujo intelecto, habituado a transitar pelos labirintos da obra de Jorge Luis Borges, havia se perdido nos enredos deslumbrantes de Deise. Quantas como como ela já haviam existido?

— Quem é Virgínia? — disse finalmente Patrícia, num sopro de exaustão. — Essa filha da puta se chama Deise — ela berrou, antes de bater o telefone no gancho e se atirar sobre a cama.

Acordou duas horas mais tarde, com as têmporas doloridas, já atrasada para seu turno no hospital.

*

Duas semanas mais tarde, ao despertar numa manhã relampejante, Patrícia foi localizando cada objeto no quarto: os óculos redondos sobre a mesa de cabeceira, os tênis diante do armário e a mochila pendurada no gancho atrás da porta, com uma constelação de bótons ainda mais colorida. Do outro lado das portas fechadas, provinham sons de talheres, trovões, louças, ventos, metais, vidros, sacolas plásticas, música indistinguível.

Pisando o assoalho com os pés descalços, Patrícia cambaleou até a cozinha. Encontrou Deise fechando o forno, de onde emanava um cheiro quente de massa e açúcar.

— Desculpa, Pat. Cheguei cedo, tentei não te acordar.

Deise usava um suéter peruano, cujas cores quentes contrastavam com os tons gelados dos azulejos da cozinha e do céu pálido que fulgurava através da janela. Por mais que desejasse abraçá-la, Patrícia recebeu imóvel o beijo que a outra aplicou na superfície dos lábios.

— Onde tu andou?
— Trouxe presentes pra ti e pro Tom.
— Onde tu andou?

Deise colocou as mãos na cintura e riu, dando a impressão de que aquela era uma pergunta estúpida.

— Trabalhando, meu amor.

Patrícia apertou os olhos. O relâmpago transformou o espaço entre elas numa massa de luz pálida. A um instante da explosão, Deise ergueu o dedo indicador.

— Tô fazendo bolo de chocolate.
— Teus bolos são horríveis.
— Mas tu sentiu minha falta.
— Não senti.
— Não foi uma pergunta.

Deise cingiu a cintura de Patrícia e a encostou contra a parede.

*

Patrícia aprendeu a aceitar o amor possível de Deise. Suas partidas se tornaram frequentes — às vezes eram longas, se ausentando por meses, às vezes fugazes, voltando na semana seguinte. Qualquer esforço de tentar retê-la só produzia o efeito de prolongar as fugas e de solidificar a ameaça de uma deserção definitiva, e isso era tudo o que Patrícia queria evitar.

Ela encontrou seu modo de conservar a dignidade. Se envolveu também com outras pessoas, manteve um caso extraconjugal com um oftalmologista, aproveitou a coincidência entre um dos hiatos de Deise e uma viagem de Tom ao Brasil para dormir com um professor de ioga na cama onde ela e Deise haviam construído uma sintonia sexual que, apesar do tempo e da progressiva distância, continuava capaz de produzir momentos transcendentes.

Augustín, o professor de ioga, tinha um abdômen trincado. Gostava de andar nu pelo apartamento, com o pênis sempre em meia-bomba, as nádegas musculosas se contraindo a cada passo. O oftalmologista, Ricardo, marcava encontros em motéis luxuosos e pedia que Patrícia satisfizesse fantasias que não conseguia realizar dentro da sua pacata vida conjugal; gostava de ser penetrado no ânus com próteses de silicone e proporcionava bons orgasmos a ela com um anel peniano vibrátil. Na prática, os dois trabalhavam como coautores de um sexo cheio de pirotecnias e recursos tecnológicos, o que não deixava de ter certa graça. Havia um sentimento recíproco de confiança e amizade que, no entanto, jamais poderia ser confundido com qualquer espécie de paixão. Quanto a Augustín, Patrícia o achava incrivelmente ridículo, apesar de lindo, e tinha tanto desprezo por seu intelecto limitado que não conseguia deixar de tratá-lo com certa arrogância. Embora ele trepasse com todas as suas alunas de ioga, era nela que Augustín concentrava suas investidas românticas: buquês de rosas, péssimos poemas de amor injustamente atribuídos a Pablo Neruda, bijuterias extravagantes que não combinavam com o charme discreto da psiquiatra.

Mas Deise voltava. Sempre voltava. E aos dias de abandono sobrevinham os dias de paixão. Beijos súbitos e ardentes, poemas declamados à mesa do café da manhã. Longas contemplações em lugares públicos, seguidas por sorrisos sugestivos. Deise vindo tarde demais para a cama, afastando seu cabelo e a beijando na altura da nuca. A rotina se enchendo de música, desejo e fantasia. Deise mostrando seus novos projetos, sempre geniais e empolgantes no início; já não fazia qualquer diferença que estivessem condenados a uma incubadora eterna. Assim como não queria falar sobre tudo o que fazia quando estava fora, Deise não perguntava que vida Patrícia levava durante sua ausência. Nesse pacto de silêncio, Patrícia descobriu a única espécie de lealdade de que Deise era capaz e a acatou também.

Quando estava em casa, Deise também saía com Tom para beber, ir ao cinema, comprar livros e discutir todo tipo de ideia abstrata, de teorias filosóficas a narrativas de ficção, portanto, não foi surpresa quando, aos dezessete anos, o garoto decidiu que seria jornalista. No dia em que ele se matriculou na faculdade, os três estouraram uma champanhe e riram madrugada adentro, relembrando episódios divertidos da vida em comum. Deise contou algumas histórias sobre sua formação acadêmica — como ousava interceptar as aulas com divergências insidiosas, como acabava por ser mais brilhante do que todos — e deu conselhos ao futuro jornalista, assumindo um discurso professoral:

— Tom, meu querido. As pessoas não querem ser informadas. Elas precisam ser seduzidas.

Imersa num momento de sublime lucidez, Patrícia observava de fora os gestos bêbados dos dois e o brio que injetavam à conversa: o ímpeto com que Tom se lançava ao futuro, a confiança que Deise tinha na própria inteligência, apesar de não haver nenhum resultado concreto que atestasse seu brilhantismo. Ela era mesmo a pessoa mais inteligente que Patrícia já havia conhecido, mas sua estranha aversão ao pragmatismo da realidade jamais permitiria que realizasse uma única obra relevante. Era um fato: Patrícia havia estabelecido a própria vida ao lado de uma pessoa inapta para a vida, e essa era uma decisão de que não se ressentia — no rastro do passado, não enxergava um só caminho que não implicasse uma renúncia dolorosa, um sentimento irreparável de perda.

Num instante epifânico, ela pensou que Tom talvez conseguisse transformar parte das ideias de Deise em algo real. Mas, na sequência desse lampejo, Patrícia percebeu que a noite toda se desdobrava diante dela como um melancólico desfecho para a existência da mulher que amava. Pela primeira vez, sentiu tanta pena de Deise que esteve a ponto de chorar. Ficou olhando para ela tempo suficiente para que seus olhares se cruzassem e mesmo quando Deise se mostrou inquieta, parando de falar e girando os anéis nos dedos, Patrícia não desviou o rosto.

102.

Tudo que Tom relata sobre sua vida em comum com Deise me sugere que ela — a mulher brilhante que nunca chegou a lugar algum — foi a responsável pela ruína de Leona. É Deise quem responsabilizo pelo desaparecimento de Leona, muito mais do que o homem morto, Patrícia ou a impassibilidade dos meus vinte e dois anos.

Em algum ponto nevrálgico da conversa, sinalizei ao garçom e pedi dois irish coffees. Duas taças de bebida escura e cremosa, coroadas por uma densa camada de chantilly, apareceram diante de nós. Eu e Tom bebemos em sincronia, de modo que, em cada copo, sobra apenas um resto de café frio, não maior do que uma moeda de um peso argentino.

— Desculpa, Charlotte. Acho que falei demais.

Tom passa a mão na nuca. Uma película quase imperceptível de lágrima acentua o brilho dos seus olhos verdes.

Contenho o ímpeto de confessar que confio nele mais do que confiei em qualquer pessoa nas últimas décadas. A mistura de uísque e café — a mistura de paixão e morte — me causa essa sensação permissiva de absurdo. Fecho as pálpebras, mas os contornos sombreados de Tom permanecem à minha frente.

— Forte isso, né? — eu digo, e dou risada.
— O uísque ou a minha história?

Tom também ri, cruzando os braços diante do peito. Os raios de sol do fim da tarde fulguram no vidro do seu relógio, ofuscando minha visão, me obrigando a virar o rosto e apertar os olhos. Ele coloca a mão sobre o próprio pulso e pede desculpas, como se houvesse me agredido.

— Não. Não tem problema. Quer dizer, não foi tua culpa.

Numa mesa ao meu lado direito, um senhor de terno cinza e gravata rosa-bebê atende o celular. Não parece compreender as funções da telefonia móvel, pois grita como se precisasse galgar os quilômetros que o separam do seu interlocutor através do volume exacerbado da voz.

— ¿Qué? ¡Oscar es un boludo de mierda! — ele berra, me obrigando a abafar o riso com um guardanapo, enquanto Tom adota uma expressão irônica de susto.

Inspiro fundo o cheiro de café e uísque. Conforme se renova o ar nos pulmões, se invertem os sentimentos: a descontração esmorece, a melancolia enterra todas as perguntas que eu ainda gostaria de fazer.

— Eu não queria que tu ficasse com raiva da Deise — Tom diz e desvia os olhos para o chão. — Ela foi uma pessoa importante pra mim também. Mesmo com todos esses defeitos.

— Não tenho raiva dela — digo, balançando a cabeça.

— Raiva é um sentimento pontual demais pra uma história que carreguei por três décadas.

Ficamos em silêncio durante algum tempo. Para ocupar as mãos, apago e em seguida volto a acender o abajur entre nós.

— Aconteceu alguma coisa entre vocês duas, não aconteceu?

Tom se mantém atento ao meu rosto. Aperto os lábios para suster as pequenas contrações que fisgam meu lábio superior.

— Aconteceu — digo, em voz baixa. — Mas eu não sabia. Quer dizer, não sabia da Patrícia.

O celular de Tom vibra sobre a mesa. Consigo ler o nome *Aline* na tela.

— É minha namorada.

Faço um sinal afirmativo com a cabeça. Tom desbloqueia a tela e digita algo. Durante dois minutos, mantenho os olhos fechados, tentando decodificar a origem dos sons que compõem o ambiente.

— Desculpa — diz Tom. — A Aline tá me esperando em casa.

— Tudo bem.

— Mas ela disse que gostaria de te conhecer. Se fosse possível.

— Me conhecer?

— Isso. Te convidou pra jantar lá em casa na quinta ou na sexta. Mas fica à vontade. Eu entendo que seja uma situação difícil.

Tento investigar na expressão de Tom algum indício de desconforto que transforme o convite num mero gesto de polidez. O impulso de me aproximar um pouco mais do enigmático rumo que Leona tomou após nossa última viagem é a principal força que me impele ao sim; além dela, existe a genuína vontade de passar mais algumas horas na companhia de Tom, de entender melhor *quem ele é* — uma descendência indireta e doce de Leona.

— Posso responder depois?

— Claro. Vou te passar meu número. Acho que é mais prático do que e-mail.

Ao sorrir, os olhos dele se estreitam de tal maneira que se reduzem a duas linhas orladas por longos cílios. Quando alcanço meu celular para que salve o número na minha lista de contatos, tenho a sensação de que ele também cultiva por mim um princípio de afeto.

103.

Janto sozinha na mesma cervejaria da primeira noite, embora existam milhares de restaurantes espalhados pela cidade. Janto sozinha com a vaga esperança de encontrar a garota das botas de caubói, a garota que quase foi Leona e que já não pode sê-la. Nunca mais confundirei nenhuma estranha com Leona. A longa espera terminou.

Dessa vez, peço uma hamburguesa de ternera. A refeição chega depressa, o mesmo garçom da primeira noite traz o prato junto com meu segundo pint de cerveja rubia. Agradeço com o rosto baixo, mas não escapo do seu olhar afiado:

— ¡La amiga de Ronaldinho Gaúcho!

Meu sorriso pouco encorajador não o desestimula:

— ¿Has traído la foto?

Tomo um grande gole da bebida; no segundo copo de meio litro, os aromas e sabores já se sobrepõem a um retrogosto azedo. O tédio que esse rapaz me desperta lembra muito meus anos de casada, a insistência em assuntos que não me interessam, esse mundo monótono que não tenho ânimo para habitar:

— Cara, que se foda o Ronaldinho Gaúcho.

Eu começo a rir e ele me olha com um sorriso confuso.

— Que se joda el fútbol — trato de repetir, num espanhol didático. — Son todos unos boludos de mierda.

Começo a gargalhar desabridamente. O garçom sai para atender a um chamado de outra mesa. Intercalo novos acessos de riso com pausas reflexivas. Na mesa à minha frente, um grupo animado de pessoas de trinta anos ou mais pede outra rodada de drinques. Compartilham experiências sexuais — algumas invejáveis, outras constrangedoras —, disputando a atenção das outras mesas com suas sórdidas confissões. Quanto mais falam, mais tenho certeza de que ninguém sabe muito bem do que está falando. Quanto mais se libertam, mais tenho a sensação de que mentem, de que se afastam das suas genuínas identidades.

Encaixo as bordas do copo de cerveja meio vazio na boca e penso em alguma coisa para dizer, uma confissão que traduza o que sinto. Nunca é fácil alcançar uma verdade, mesmo quando se procura nada além de uma migalha genuína de si. Todas as ideias que me ocorrem falseiam os motivos, os impulsos, as emoções, ora pairam muito acima da razão mais profunda, ora empreendem mergulhos destemidos que se perdem num vazio sem fim, desprezando as forças da superfície. As profusas versões sobre um mesmo tema infestam o discernimento, é tão mais simples apanhar qualquer uma delas que quase cedo à tentação. Incontáveis vezes devo ter cedido e sobre essa montanha de autoenganos fundei uma identidade. Mesmo que apenas a cerveja já sem gás no fundo do copo esteja diante de mim, não encontro nada — absolutamente nada que expresse um único sentimento acima de qualquer suspeita. Todos parecem, em maior ou menor grau, contaminados por impulsos cognitivos que repelem para longe do núcleo, me protegendo da vergonha, da culpa, do desengano, do ônus insuportável de me ver despida dos trapos com que, ao longo de toda uma vida, escondi meu processo de atrofia.

— Charlie — eu digo, sem pensar no que isso significa em termos de confidência. A palavra que sai da minha boca se materializa num vapor espectral que envemiza o interior do copo, um fantasma engaiolado, de uma espécie que não ousa atravessar paredes. Ouvir esse nome depois de três décadas causa uma estranheza análoga à sensação de por acaso cruzar na rua com um rosto com que se sonhou alguma noite, muitos anos atrás.

104.
Oi, Tom. Ainda não sei bem o que sinto sobre tudo o que conversamos. Tanta coisa eu imaginava diferente, mas o que eu sempre quis saber foi a verdade, e agora eu sei, muito obrigada por isso. Se o convite ainda estiver de pé (e se não for incômodo), seria um prazer jantar com vocês. Por mim, pode ser qualquer noite esta semana. Só me digam se devo levar cerveja ou vinho. Abraço, Charlotte.

105.
É uma daquelas noites confusas, em que não sei se descanso ou agonizo, se estou numa cama de hotel ou de hospital, no meu quarto ou num ônibus intermunicipal, no meu país ou num território estrangeiro. É uma daquelas

noites turvas, entre o sonho e o delírio, o suor ou a tempestade, as rugas do tempo ou as covas do sorriso. Melhor seria interromper esse sono sem dignidade, um sono cansativo, mas não consigo me expelir para fora do sorvedouro escuro, me desvencilho do lençol, a nuca suando, uma luz azul terebrando as brechas da persiana — não sei se meus olhos estão mesmo abertos ou se recomponho, de memória, os elementos do quarto, e não consigo mudar o ângulo de visão, virar o pescoço ou mesmo lembrar se um dia houve um vulto parado à janela, me olhando, se é possível que esse vulto seja o meu vulto, um espectro dissociativo da vigília parcial. Um estampido espasmódico atravessa meu crânio. Com o corpo enfim desperto, sento à beira da cama, movo os dedos dos pés. Seis horas da manhã na tela do meu celular. Os olhos ardem como se eu os tivesse mantido abertos a noite toda. Uma dor uniforme se distribui pelos nervos da cabeça. Viro o corpo de lado e só acordo pouco depois das onze horas da manhã, com o celular vibrando ao meu lado na cama. É Tom, marcando o jantar hoje à noite, por volta das nove horas, numa rua pela qual não me lembro de já ter passado alguma vez na vida.

106.

Peço que o garçom me sugira um prato sem carne vermelha para o almoço. Ele diz que o salmão com legumes é uma boa pedida. Aceito e devolvo o cardápio.

Eu já desconfiava que algo estivesse acontecendo com meus olhos. No último ano, as letras miúdas dos livros e cardápios se esbatem numa nuvem cada vez mais indecifrável. Eu vinha relevando essa circunstância, pois como intervir na fisionomia — e, portanto, na identidade — de uma mulher de cinquenta anos que nunca precisou de óculos? Fico sujeita a envelhecer uma década ou enxertar uma prótese descontraída que vai me fazer parecer uma dessas mulheres em eterno estado de negação da passagem voraz do tempo. Avalio os modelos que ornamentam os rostos no restaurante; há óculos coloridos, escuros, de contornos felinos, discretos, extravagantes, mas nenhum que eu consiga imaginar em mim.

Enquanto meu salmão não chega, tento imaginar que espécie de pessoa é Aline. Sei que se formou em São Paulo, mas fez residência médica no mesmo hospital argentino onde Patrícia trabalhou. Foi através dela que conheceu Tom. É provável que tenha se apaixonado pelo jeito atencioso do rapaz, pelo fato de ser um bom ouvinte, o que me leva a pensar que Aline deve ser o oposto, uma mulher falante, que não raro coloca a sinceridade à frente da delicadeza. Não sei se estou correta ao pressupor que os casais tendem a uma dinâmica compensatória, não sei se são mais felizes dessa forma ou se, ao contrário, as mesmas diferenças que os atraem acabam por destruí-los mais à frente.

A princípio, acho que Leona não transmitiu a Tom sua impetuosidade, sua arrogância, sua intrepidez, mas aos poucos diviso, sim, os potenciais efeitos da convivência que tiveram. Tom não aprendeu apenas com seus gestos e suas palavras, como eu aprendi com Leona, mas também com sua derrocada, com a experiência visível de Deise. Ele absorveu de Deise seus interesses e sua habilidade de observar elementos dispersos para reuni-los num todo lógico, ainda que não tenha herdado de Leona o talento inato para estabelecer conexões e criar histórias, e também para mentir. Ela era uma excelente mentirosa, talvez uma mentirosa compulsiva, e essa constatação me ajuda a perdoar a farsa sob a qual se apresentou a mim dentro daquele ônibus. Talvez não tenha mentido para me despistar; talvez a mentira fosse indissociável da sua própria identidade.

Tom não demonstra esse mesmo pendor ao ilusionismo; ao contrário, parece repudiá-lo, reconhece nele as consequências desastrosas que produziu em Patrícia. Nessa repulsa às traições de Deise talvez resida, ao menos em parte, sua disposição para encontrar uma desconhecida e trazer às claras os fatos, para me alcançar uma espécie de versão oficial que ele próprio deve saber precária, pois provém do seu esforço solitário em conciliar as diferentes versões de uma mesma história.

107.

Mesmo a partir da rua pouco iluminada, percebo a bela fachada da casa, com tijolos crus e janelões de madeira, bem distante da asséptica arquitetura ultracontemporânea que, dentro de alguns anos, também estará antiquada. Tom e Aline vivem numa daquelas áreas históricas que o dinheiro preferiu conservar em vez de destruir.

Ele atravessa um curto gramado para abrir o portão de ferro. Cruzamos então a grama úmida, as garrafas de cerveja tilintando na sacola que trago enganchada no braço. Conversamos sobre o cardápio da noite, um risoto de cogumelos preparado por ele. Enxergo Aline na varanda da casa, a silhueta se descortinando numa saia rodada que alcança os joelhos, mais ou menos um metro e sessenta de altura. Quando ela me enlaça pelo pescoço, na ponta dos pés para beijar meu rosto, fica evidente que concentra em si toda a expansividade que falta ao namorado. Aline se move numa frequência rápida, tem olhos grandes e uma franja cortada um pouco acima das sobrancelhas.

É ela quem me conduz para a sala de estar, cuja iluminação embutida no teto cria uma atmosfera aconchegante, suavizando o efeito ligeiramente opressor do pé-direito enorme. Na estante de madeira, dezenas de livros dividem espaço com a televisão, onde passa, em volume baixo, um show que não consigo identificar. Aline me explica a história da casa, as reformas que foram necessárias, a sorte que tiveram por descobri-la nas oportunidades inacreditáveis do mercado imobiliário. Faço perguntas sobre a segurança do bairro, elogio o bom gosto da decoração, pergunto se costumam acender a lareira durante o inverno. Atravessamos a sala e descemos três degraus em direção a um corredor iluminado com uma porta de cada lado; emolduradas nas paredes, distribuem-se fotografias em preto e branco, todas elas retratando pessoas solitárias, de costas para a câmera. Há uma criança segurado um ramalhete de balões, um vulto em meio ao que parece ser uma plataforma de pesca abandonada, um homem olhando para o alto diante de uma miríade de prédios, uma pessoa sentada no prado aberto e por fim uma mulher andando sobre os trilhos de um trem. Mesmo um olhar leigo consegue perceber que o jogo de luzes proposto pelo fotógrafo é invulgar, quando não contraintuitivo: em algumas fotos funciona de maneira excelente, em outras nem tanto, mas em todas causa estranhamento. Primeiro penso que as fotos podem ter sido tiradas por Deise; depois, que a mulher dos trilhos é a própria Deise. Me aproximo para analisar as imagens e estou prestes a questionar sobre sua autoria quando sinto a mão de Aline me puxar pelo pulso, reconduzindo minha atenção para uma das portas, que ela empurra de leve.

— Esse é o quarto onde a mãe do Tom fica quando vem nos visitar — ela diz, exibindo o aposento simples, mas agradável, com um lençol branco esticado sobre o colchão, uma manta dobrada aos pés da cama de casal, um armário com portas de espelho e abajures de toque sobre as mesas de cabeceira. Numa delas, há um livro grande, cujo título, de onde me encontro, não consigo ler.

Tom surge e fecha a porta, dando por encerrada minha investigação do quarto. Percebo que está desconfortável, querendo me arrastar para longe da intimidade de Patrícia. Dessa vez, passo de cabeça baixa pelas fotografias, como se compreendesse o transtorno que minha curiosidade é capaz de gerar. Subimos uma escada em espiral e cruzamos um mezanino de madeira diante do qual se recorta uma janela que cobre toda a largura da parede, até o teto; através dos vidros, contemplamos a lua quase cheia que perfura o tecido negro da noite. Tom me mostra seu gabinete, com estantes repletas de livros e um MacBook sobre uma enorme mesa de madeira maciça, cujo estilo rústico assimila bem as feridas do tempo. Enquanto finjo me deliciar com o aconchego do espaço, começo a buscar rastros de Leona. Não demoro até descobrir, debaixo de uma das estantes, uma pilha de pastas de papel pardo; na primeira delas, leio *Conformidade de Asch*. Não consigo identificar a caligrafia dela nas letras garrafais inscritas em caneta hidrocor vermelha, mas me convenço de que se trata de um dos estudos de Leona, alguma teoria que ela pôs à prova por meio de associações excêntricas, ou quem sabe um dossiê a respeito da minha vida, registrando desde minha paixão por Leona até o fracasso do casamento com Felipe, informações que ela jamais teria podido obter, não fossem seus métodos sibilinos de saber de tudo. Essa ideia faz meu corpo se contrair, uma sensação quase prazerosa que se dissipa quando constato que, em vez daquele título pouco elucidativo, é meu nome que esperava ver inscrito na superfície das pastas, como prova irrefutável de que Leona também nunca me esqueceu.

Examino de longe os livros, incapaz de compreender do que tratam, pois me mantenho sempre à porta, a uma distância respeitosa dos objetos. No final da prateleira mais alta, encontro uma fileira de fitas VHS, em cujas lombadas vejo cores que me remetem a Godard, Kubrick, Almodóvar, Wim Wenders. Mais uma vez, não consigo decifrar os títulos e percebo que meus olhos progressivamente menos eficazes têm me impelido com força à imaginação. Estão ainda piores para distâncias curtas, mas mesmo no longo alcance não me ajudam. Cogito pedir licença e sair andando por Buenos Aires à procura de uma dessas farmácias que vendem óculos de grau, mas só dou uns passos à frente, estico o pescoço e aperto as pálpebras até ler, na lombada amarrotada de uma VHS: *Queen live in Rio*. Fecho os olhos por um momento e tento evocar uma fração do que sentia ao ouvir Freddie Mercury no walkman, mas só consigo fazer com que as lágrimas brotem. Elas chegam mesmo a descer pelo meu rosto. Essa impossibilidade de reaver uma sensação marcada a ferro na memória é o que entendo por saudade.

— Às vezes, eu também venho aqui estudar — diz Aline, que se postou ao meu lado sem que eu percebesse. — Meus livros de medicina ficam ali num canto.

Tom passa um braço pela cintura dela e a beija no rosto.

— E sempre deixa uma bagunça.

De brincadeira, os dois iniciam uma pequena discussão, do tipo que casais saudáveis têm, e penso que agem dessa forma porque percebem minha comoção. Aproveito para secar as lágrimas com os punhos e depois sigo o casal até a suíte, que eles me apresentam numa passada protocolar e que elogio com adjetivos não usados para os outros cômodos: ampla, bem distribuída, elegante. Descemos as escadas conversando sobre as utilidades de um mezanino — Tom gosta de ler na cadeira de balanço, com os pés descalços sobre o tapete de lã de ovelha — e, quando voltamos à sala de estar, ele pede licença para cuidar dos preparativos do risoto. Na presença da namorada, Tom é ainda mais comedido, parece confiar a ela a função de me entreter, e traço a hipótese de que essa postura delegatária advenha da convivência com Deise, que, onde quer que estivesse, nunca aceitaria ter um papel diferente do protagonismo absoluto.

— O que vamos tomar? — Aline pergunta, exibindo um sorriso simétrico.

— Eu trouxe umas cervejas — digo, apontando, sobre a mesa, a sacola de pano da cervejaria artesanal onde, pela tarde, comprei algumas garrafas, utilizando como único critério o design dos rótulos.

— O Tom esqueceu de colocar na geladeira. Não precisava trazer nada. Mas já que trouxe... — Aline engancha a sacola no ombro esquerdo e pisca para mim. — Já volto com nossos copos.

Sento no sofá e aliso sua superfície aveludada, pensando se Leona algum dia já esteve aqui. Coloco a mão entre as almofadas do assento, tateio à procura da bandana vermelha que perdi entre os bancos do ônibus, brinco com a possibilidade de Leona ter calculado minha presença neste mesmo lugar com alguns anos de antecedência, mas é evidente que não encontro nada. A bandana está para sempre perdida, assim como Leona também está e, embora sejam perdas irreparáveis, que me dilaceraram por três décadas e ainda hoje magoam, não são nenhum desastre: a bandana, Deise e mesmo o itinerário que me levava à meia-noite para o interior do estado não têm mais qualquer sentido para a mulher em que me transformei.

108.

Aline aparece com duas taças cheias até a borda de uma cerveja cor de café. Tomamos o primeiro gole ao mesmo tempo e concordamos se tratar de uma cerveja forte e saborosa, amarga na medida certa, que vai ficar ainda melhor depois de alguns minutos no freezer.

— Então, Charlotte — diz Aline, cruzando as pernas. — Você conheceu a Deise?

Tomo mais um gole, evitando que nossos olhares se cruzem, tentando conservar uma aparente espontaneidade.

— Conheci, sim. Há muito tempo. Ela me disse que se chamava Leona.

O barulho das panelas assegura que Tom continua ocupado na cozinha. Essa constatação parece tranquilizar Aline, que relaxa os ombros no encosto do sofá. Fica nítido que, assim como eu, ela teme transgredir os limites que Tom impôs ao permitir que eu conheça a verdade sobre Deise, violando, por via reflexa, a intimidade de Patrícia.

— Vocês chegaram a se conhecer? — me apresso em perguntar.

Aline ergue as sobrancelhas e coloca a taça sobre a mesa de centro.

— Então — ela diz, alisando a saia com as mãos. — Convivemos muito pouco.

Anseio para que o silêncio signifique reticências e não o ponto final no assunto.

— Posso ser sincera? — ela diz, depois de alguns segundos. Faço um movimento afirmativo com a cabeça. — Foi o suficiente.

Ao ver Tom surgir com um prato de vidro na mão, Aline me faz um gesto de silêncio.

— Ai, ai. O que tu anda falando pra Charlotte?

— Nada. Não é?

Tom a encara com desconfiança.

— Falou apenas dos teus dotes culinários — eu digo, afastando os copos para que Tom coloque o prato de aperitivos sobre a mesa.

109.

Durante o jantar, esgotamos outras cervejas e enveredamos por assuntos diversos: da vida em Buenos Aires às diferenças de personalidade de Tom e Aline, que geram alguns impasses divertidos. Só percebo que Tom bebe muito pouco quando Aline pontua o fato:

— Por exemplo, Charlotte, a gente já perdeu a conta de quantas tomou, enquanto o Tom deve estar ainda no terceiro copo.

— Segundo — ele corrige.

— Viu só?

— Mas é que eu tenho uma reunião amanhã cedo.

— É sempre assim — debocha Aline, acariciando a mão dele. — Sempre uma desculpinha.

A conversa flui bem. Respondendo uma pergunta de Aline, menciono meu recente divórcio e, por causa da bebida, acabo falando sobre a apatia de Felipe, o tédio do cotidiano, a sensação de que não existe mais nada para ser vivido.

— É claro que existe — Aline fala alto, com gestos expansivos. — O primeiro passo já foi dado. Agora é ir atrás de coisas novas.

— Eu sei. Mas, veja, eu não tenho mais vinte, nem trinta.

— Nem noventa, nem cem — observa Tom.

— Que se foda — diz Aline. — Você é uma mulher linda, inteligente. Ela não é linda, Tom? Pode dizer, tem minha autorização.

Nós rimos. Tom diz que sim.

— Obrigada — eu digo, alinhando os talheres na borda do prato.

— Não, é sério. Já parou pra pensar que você também é assim? — Aline me lança um olhar inquisidor. Tom afasta a cadeira, como se, antecipando uma declaração inoportuna da namorada, tentasse de antemão se desvincular dela.

— Isso o quê? — pergunto.

— Apática. Passiva. Alguém que só espera que as coisas aconteçam e fica deprimida porque nada acontece.

Aperto os lábios, recorro ao copo de cerveja, mas percebo que está vazio.

— Viu? Você não consegue nem me olhar — diz Aline.

Tom se levanta, coloca a mão sobre o ombro dela.

— Calma, meu amor. Tu já bebeu bastante. Pega leve.

Em vez de me ofender, as palavras de Aline me fazem gostar mais dela. Aline não tem razão alguma para me dizer o que pensa, pelo contrário, o mais óbvio é que me trate de maneira cordial, mas ela compreende que não estou aqui para comer um bom risoto e fazer amizade com um jovem casal feliz. Ela sabe que vim para confrontar a verdade — uma verdade que não se esgota em quem foi Leona, também atingindo em cheio quem eu sou, ou deveria ser.

— Ela tem razão. Continua, Aline. Quero te ouvir.

Apesar do meu encorajamento, Aline abranda o discurso.

— Mesmo que a gente tenha se conhecido essa noite, eu acho que nos entendemos. Não nos entendemos?

— Acho que sim — respondo com franqueza.

— Foi só algo que eu pensei. Você tem todos os motivos do mundo pra ir atrás de coisas novas, mas não vai.

Aline vira a garrafa de cerveja sobre o copo. Caem apenas algumas gotas douradas.

— Vou pegar mais uma pra vocês — diz Tom, dirigindo-se à cozinha, e nesse momento penso no motorista do ônibus fugindo em direção à estrada ao ouvir o primeiro disparo.

Aline fica descolando com a unha o rótulo da cerveja enquanto sopesa as palavras.

— Sabe de uma coisa? Ela era uma cretina. A melhor coisa que fez na vida foi desaparecer de vez.

Agora é ela quem evita meu olhar. Está consciente das implicações do que acabou de dizer: Deise fez bem em morrer. É uma afirmativa cruel, imoral, contrária ao valor absoluto que se confere à vida humana, mas não deixo de reconhecer que é exatamente o que Leona pensava. Há inúmeras razões pelas quais alguém deve partir, e o direito de dispor da própria existência — o direito que ela estendeu ao suicida naquela noite — é apenas uma dessas razões. Leona decidiu morrer para mim na mesma viagem em que aquele homem executou sua desistência da vida, mas eu não me dei conta de nada porque estava ludibriada pela covarde esperança de que um dia o destino me colocaria de novo diante dela, diante do amor, da paixão, daquele senso de possibilidades que me fez ansiar por cada sexta-feira do ano de 1991.

— O Tom nunca ia conseguir te dizer isso, porque uma parte dele idolatrava aquela mulher.

— Deise?

Aline levanta a sobrancelha, assumindo uma expressão de ironia.

— Leona.

Tom volta com a garrafa ungida por uma camada brilhante de gelo. Derrama a cerveja dentro dos nossos copos, inclinando para evitar a espuma.

— Que foi que aconteceu por aqui na minha ausência? — ele pergunta, estranhando nosso silêncio repentino.

— Eu tava aqui pensando. — Aline bebe um gole demorado. — Tenho alguém pra apresentar pra Charlotte.

Tom respira fundo, outra vez antevendo algum comentário intrusivo.

— A Belén.

— Nossa. Eu sabia que ia ser a Belén.

— Claro! — Aline olha para Tom com a expressão de quem sabe que sua ideia é brilhante, e depois se vira para mim. — Ela é fantástica, Charlotte.

Tom me lança um olhar desencorajador.

— Para com isso, Tom — diz Aline.

— Tô brincando, a Jodie é uma pessoa legal. Mas não tem nada a ver com a Charlotte.

— Jodie? — pergunto.

— O Tom inventa umas coisas.

— Não invento. Ela é igual à Jodie Foster.

— Não é tanto, Tomas Lennox.

— É idêntica.

— Charlotte, ela é mesmo brilhante. É uma das maiores imunologistas da América Latina. E terminou o casamento há um ano.

— Com o Hannibal Lecter — dispara Tom, provocando nossas risadas.

— Falando sério, Charlotte, me deixa arranjar um encontro entre vocês duas.

Balanço a cabeça, sem nem mesmo considerar a proposta de Aline. Um encontro romântico com uma argentina em busca de uma convergência tardia de almas, duas mulheres cansadas tateando entre o português e o espanhol para falar sobre o medo da solidão, da doença e do fim, talvez um beijo sem expectativa desferido nos lábios frisados de rugas e nervosismo, tudo o que imagino no espaço de um segundo me faz repelir a proposta. Estou aberta a foder com quem quer que seja no estacionamento de um shopping, mas não a comparecer a jantares, como se precisasse de um processo seletivo para trepar.

— Obrigada, Aline, mas a questão não é essa. Tem outras coisas que eu preciso resolver.

Ela suspira, fazendo um gesto de desdém com a mão.

— O que foi que eu disse?

110.

Voltamos para o sofá para comer a sobremesa — um sorvete de pistache com pedaços de chocolate. Na televisão, o show recomeçou.

— Que banda é essa? — pergunto.

— Nem me fala — diz Tom, extenuado. — Ela vê isso todo dia. É obcecada.

— É Arctic Monkeys — diz Aline, apontando para o vocalista. — E esse é o Alex Turner. O grande rival do Tom.

— Eu mereço — ele diz. Logo depois, boceja.

Eu já tinha ouvido falar na banda, mas nunca parei para escutar. Aline me explica que as performances são incríveis e que, na opinião dela, Arctic Monkeys — e em especial Alex Turner — é o que o rock produziu de melhor nas últimas décadas. Canta o refrão de uma música que eu nunca ouvi antes.

Terminamos a sobremesa falando sobre nossos gostos musicais — que são, em grande parte, compatíveis. Embora Aline seja uma interlocutora muito menos persuasiva do que Leona, que conseguia me convencer do valor artístico de qualquer porcaria, a conversa sobre bandas de rock antigas me suscita emoções difíceis de conter, sobretudo depois de tantas cervejas. Minha voz embarga ao confessar que me apaixonei ao som de Freddie Mercury, em alguma medida por causa dele, e não imagino que vá me apaixonar outra vez nesta vida. Não digo por quem me apaixonei, mas tenho certeza de que Aline sabe. Ela fica me olhando com um sorriso sutilmente triste e se recosta no sofá, abraçando uma almofada. Tenho a impressão de que calcula a infelicidade de uma vida como a minha, esvaziada de sentido e de esperança. No fim, depois de algum tempo, ela comenta sobre uma banda cover de Arctic Monkeys que vai tocar no dia seguinte, num pub não muito longe de onde estou hospedada.

— O baterista é nosso amigo, mas o Tom não vai poder ir. Se você quiser me fazer companhia...

Penso em alguma desculpa, um compromisso inadiável para uma noite de quinta-feira na capital da Argentina. Nada me ocorre e agora qualquer ideia soaria pouco convincente.

— Não sei, Aline. Eu não conheço a banda.

— Mas vamos pra conhecer. É assim que se conhece as coisas, sabia?

— E faz muito tempo que eu não saio.

— Então é mais do que hora de recomeçar.

— Deixa ela decidir, amor — diz Tom, está com os olhos fechados, a cabeça pousada sobre o encosto do sofá.

É uma dessas pessoas com energia restrita para os outros, que consegue se manter em alta performance social por duas ou três horas somente. A essa altura da vida, já não me preocupo quando alguém boceja depois de passar algum tempo comigo, aceito que cada indivíduo possua programações internas nem sempre associadas ao meu êxito em promover entretenimento. Mas, enquanto observo o ânimo de Tom definhar, fico imaginando se nisso ele também não reproduz um padrão de Deise — um padrão que, a rigor, posso apenas entrever. Por mais expansiva e autoconfiante que fosse Leona, a verdade é que não a conheci por mais de duas horas de cada vez, e é possível que ela não estivesse mentindo ao dizer que gostava de passar os domingos na mais completa solidão. A convivência cotidiana com Deise podia ser muito parecida com nossos encontros esporádicos: lapsos frenéticos seguidos por longos hiatos, nos quais ela se enclausurava no escritório ou apenas desaparecia sem dar notícia. Tom está distante do que ela foi, não possui o mesmo encanto intratável, é mais equilibrado e leal, portanto suas evasões acabam por ser muito mais discretas e convencionais: ele foge para dentro de si, ou antes submerge, arrastado pelas forças irresistíveis da introspecção. Aline elegeu o justo-meio entre o caos criativo de Deise e a passividade nula do meu marido, uma escolha que não deixa de ser interessante, mas que, por razões incompreensíveis, nunca me pareceu ser possível.

— Tudo bem — diz Aline. — Só acho que seria legal.

Ela acaricia o ombro de Tom, que toma um pequeno susto, como se já não habitasse o mesmo plano. Nós duas rimos com discrição enquanto ele esfrega os olhos embotados de cansaço. Aline abraça o namorado pela cintura, beija seu pescoço e então ordena que vá descansar, um gesto de cuidado que me remete à última viagem com Leona, quando ela me libertou de dentro daquele ônibus, me pedindo para buscar na estrada alguma espécie de ajuda, me poupando não da fadiga social, mas do rosto desfigurado que estertorava aos nossos pés.

— Pode ir, as adultas aqui vão se divertir mais um pouquinho — Aline diz, e eu quase posso ouvir Leona completando: — Eu assumo a partir daqui.

111.

Com duas long necks, eu e Aline sentamos lado a lado nas espreguiçadeiras do jardim que fica nos fundos da casa. Vários insetos orbitam o poste de luz. Ela me alcança um tubo de repelente.

— Que árvores são aquelas? — eu digo, apontando para o pequeno pomar à nossa frente.

— Tem uma laranjeira, um limoeiro, uma romã. Algo assim. Foi o Tom que plantou. Não mexo com terra, nem ligo pra isso. Ele sim.

Ficamos alguns segundos num silêncio contemplativo, rompido apenas pela sinfonia dos grilos.

— O que tu quis dizer com aquilo? — pergunto, e vejo que Aline bebe um gole da sua cerveja. — Sobre a Deise.

— Escuta — Aline diz, puxando a saia sobre as pernas e se virando para mim. — Nós convivemos muito pouco, até porque ela sumia toda hora, sem dar satisfações pra ninguém.

— Por que será?

— Supostamente, ela viajava a trabalho. Mas é claro que não era isso. Ela tinha a vida independente dela, não se importava de verdade com ninguém. Deixava a mãe do Tom sempre esperando.

— Por que ela esperava?

— Porque ela continuava voltando. Sempre voltava. Era que nem uma doença que fica voltando, some, volta, desaparece.

Inspiro a atmosfera úmida da noite e relaxo os ombros no encosto da cadeira. Aline continua falando, um discurso circular em torno dessa grave moléstia que eles todos chamam de Deise, discorrendo sobre todas as recidivas e curas que a convivência com ela exigia. O que ela diz tem alguma importância; mesmo assim, sua voz se perde entre os ruídos da noite, entre os ecos dos meus próprios pensamentos. Estou de olhos fechados quando percebo que os grilos intensificam seu canto seco, um cricrilar que vem, ao mesmo tempo, de todos os lugares e de nenhum lugar em especial, um som envolvente e acrônico que me coloca de novo às margens da estrada. Dessa vez, não corro, fico sentada em um dos bancos, mas à minha volta a armadura do ônibus se foi e, pela maneira uniforme com que a atmosfera gelada se distribui pelos meus braços e pernas, espáduas e pulsos, ventre e sexo, me sinto nua. É estranho como já não quero me cobrir, muito embora saiba que meu corpo perdeu a beleza que tinha aos vinte anos. Tenho vontade de ser tocada, percebo o bico dos seios enrijecendo, mas, quando busco imaginar outro corpo que deseje, nenhum me satisfaz, nem mesmo o de Leona, talvez por eu estar velha e ela ser apenas uma garota, talvez por eu estar viva e ela não mais: está morta para todas as gaiolas e versões onde poderia procurá-la. Ouço o disparo, o mesmo que já ouvi outras vezes em sonho, mas agora ele consegue me jogar com um tranco para trás, silenciando os grilos e fazendo com que eu me erga num salto.

— Essa espreguiçadeira tá quebrada — diz Aline, se inclinando para puxar de volta o espaldar da minha cadeira. — Tá tudo bem?

Eu digo que sim, só me assustei. Aline olha através de mim, conferindo se Tom, Deise ou, quem sabe, Leona não estão de alguma forma nos escutando. Uma descarga semelhante ao horror faz meus músculos estremecerem. Tento divisar algo em meio ao pomar, sob os fragmentos de luz que se estilhaçam no escuro. Tenho medo de enxergar um vulto entre as árvores — não por acreditar em espíritos, mas por não acreditar na confiabilidade do meu próprio cérebro: o jogo do copo, a representação mental de Leona, todas aquelas crenças infundadas.

Aline se levanta e propõe que troquemos de lugar. Ela é menos corpulenta, mais baixa, mais jovem. Aceito a proposta e trocamos de assento. Dou mais um gole na cerveja e procuro retomar a conversa de onde ela parou.

— Eu também sou um dos retornos de Leona — digo.
— Me desculpa.

— De certa forma, é, sim — ela diz, me dirigindo um sorriso afetuoso para atenuar sua sinceridade. — Mas você só tá aqui porque o Tom também entrou nessa loucura toda. Na obsessão da mãe dele.

Contraio a testa, mostrando que não sei muito bem de que espécie de loucura ela está falando.

— De manter viva a memória daquela mulher. Eles ainda perdem um tempo enorme com isso.

Fico imaginando Tom e Patrícia sentados no chão do escritório, as pastas de papel pardo espalhadas entre eles, garimpando as centelhas de genialidade de Deise em meio a páginas cobertas de textos sem lógica, registros ininteligíveis, fotografias que Tom surrupia e esconde da mãe, pois retratam mulheres nuas e desconhecidas, corpos mais belos e sensuais do que o corpo que restou a Patrícia, uma vez que, na idade em que está — na idade em que estamos —, é impossível concorrer com o passado. Cogito, por isso, perguntar a Aline como foi que Deise morreu, extrair dela todos os detalhes que sabe ou que imagina, mas, com medo de tomar um atalho infrutífero que faça ela se desviar de detalhes relevantes, deixo que prossiga, obedecendo a sua própria lógica.

— Ela tinha aquele escritório caótico na casa da minha sogra, onde ninguém podia entrar. Isso me deixava puta, eu tinha que dividir a cama de solteiro no quarto dos fundos com o Tom porque a madame, que nunca aparecia em casa e não ajudava em porra nenhuma, não deixava ninguém mexer naquele quarto. E sabe o que é pior?

Faço um movimento negativo com a cabeça.

— Era simplesmente o maior quarto do apartamento. O que eu só fui descobrir depois que ela morreu. Ou melhor, apareceu morta num necrotério lá na puta que pariu.

Agora o tamanho do desprezo que Aline demonstra por Deise chega a me entristecer; me faz gostar um pouco menos dela, me faz gostar muito menos de Deise, me faz perder ainda mais de vista Leona, a quem mesmo agora só consigo enxergar sob o prisma do fascínio. Talvez eu precise exatamente dessa perspectiva, da mesma forma que um bêbado contumaz precisa da abstinência e sente raiva de quem se incumbe de trazê-lo à sobriedade.

— Sabe há quanto tempo ela não aparecia em casa quando morreu?

Repito o gesto negativo, comprimindo os lábios.

— Tenta adivinhar.

Balanço os ombros.

— Um mês?

— Quatorze. Quatorze meses. E a Patrícia vem com essa história de manter viva a memória, passa os dias revirando aquela papelada de merda no escritório, tentando achar algum sentido em todas as coisas que a Deise começou e nunca conseguiu terminar. Se fosse por mim, já teria rendido uma bela fogueira.

Aos poucos começo a entender o que Aline, na sua eloquência embriagada, está tentando me contar. Dois meses após a morte de Deise, quando se tornou injustificável manter intacto seu templo hermético no apartamento, Patrícia autorizou que violassem a porta. Lá dentro se amontoavam as décadas de projetos inacabados, centenas de reportagens, pesquisas, fotografias, entrevistas, relatos e registros de toda natureza. E fico triste ao imaginar as duas envelhecendo numa casa vazia, entre fragmentos de histórias, escombros de uma relação incompleta e desvios imaginários de uma viagem que nunca chegou a lugar algum. Outra vez flerto com a possibilidade de que haja naquelas pastas qualquer registro meu — uma carta não enviada, um conto erótico em que sou o objeto do seu desejo, um diálogo que tivemos, um poema com meu nome no título, quem sabe um retrato tirado na noite da tempestade, quando eu estava assustada demais para diferenciar um relâmpago de um flash. Em paralelo assimilo o tamanho do medo que tenho de descobrir que não estou lá, que o evento mais importante de toda a minha vida não rendeu sequer uma nota de rodapé nos arquivos de uma mente compulsiva.

— Ela deve ter levado adiante menos de um por cento do que começou. — Aline gesticula em direção ao céu, a noite escoando entre seus dedos, e então diz algo que jamais vou esquecer. Compreendo isso no mesmo instante em que a escuto falar: — A liberdade de uma vida inteira, e menos de um por cento.

Os outros noventa e nove por cento ainda ocuparão o resto da vida de Patrícia; foi o modo de Deise continuar reverberando.

Todos esses anos, a longa espera, essa viagem a Buenos Aires, tudo compensa um pouco mais agora que sei que nunca estive errada a respeito da Barlavento. Os ecos da garota que conheci no ônibus estavam mesmo naquelas páginas, vibrando em colisões caóticas sob a camada de ordem do texto de Tom Lennox: o autor complexo, nutrido pela criatividade tórrida de Leona e metodizado pela eficiência de Tomas, um rapaz sensível, com os pensamentos organizados, mas não brilhante, pois a verve de Leona não é uma doença transmissível, ao contrário dela própria, uma moléstia crônica que acometeu ao menos duas mulheres, eu e Patrícia.

Aviso Aline de que preciso ir ao banheiro.

— Lembra onde fica?

— Lembro. Quer que eu traga mais cerveja?

Ela alonga os braços e faz um gesto de desafio, com o dedo indicador apontado para mim.

— Só se você tomar mais uma também.

— Claro que tomo — respondo, já pisando o gramado pegajoso.

O show da melhor banda de rock das últimas décadas, cujo nome já não me recordo, continua passando na televisão. Do pouco que consigo avaliar naquela altura, me convenço de que é uma música pouco envolvente, inativa, muito semelhante a tudo que se tem feito em matéria de rock and roll e poesia: baboseiras românticas enfiadas à socapa entre guitarras nervosas, uma balbúrdia de instrumentos tentando induzir alguma emoção ao conjunto desapaixonado da obra. Não há nem a sanha revolucionária dos maus músicos do Sex Pistols, nem a extensão vocal de Freddie Mercury. É apenas um garoto com roupas apertadas, um rapaz que poderia trabalhar como garçom num dos incontáveis restaurantes executivos de Porto Alegre, servindo Coca-Cola em garrafas de vidro para funcionários públicos e bancários.

Abandono o garçom roqueiro com suas canções sem ira nem paixão e alcanço o corredor. Estanco junto à série de fotos, examino suas margens em busca de alguma autoria, mas não encontro nada. Fixo o retrato da mulher de costas nos trilhos do trem. Seus braços estão relaxados ao lado do corpo, a mão direita carrega o que à contraluz parece ser uma maleta de couro, um objeto trivial para o resto do mundo, mas que me causa calafrios por remeter ao suicida, à pasta na qual ele trouxe para dentro do ônibus o objeto que o aniquilaria, um disparo para a própria cabeça, outro para a fantasia de Leona.

A fotografia não é muito boa; na verdade, eu diria que é a pior de todas as que compõem a série, a iluminação estoura na linha do horizonte, não há elementos poéticos como uma bifurcação ou uma floresta, apenas pedregulhos soltos, capim, postes de luz com a fiação exposta. É difícil ter uma perspectiva fidedigna, mas calculo que a mulher seja baixa e, pelos braços que despontam de dentro da camiseta, bastante franzina. Não consigo ver detalhes das calças e dos sapatos, e são os cabelos soltos, compridos e desalinhados que me fazem pensar que pode ser Deise. Se essa hipótese for verdadeira, o que me intriga não é tanto o cenário ou quem está por trás da lente, e sim a postura: não mais a altivez implacável de Leona, mas o descaimento dos ombros, a presença macilenta e vergada que se arrasta sobre os trilhos como se a tudo fosse indiferente: à fotografia, à paisagem, ao passado, à aproximação do trem.

Tateio os bolsos procurando meu celular e percebo que deixei no jardim. Não vale a pena buscar, daria muito na vista, e já estou perdendo tempo parada no corredor, entre o lavabo e o quarto onde Patrícia dorme quando vem visitar o filho. Acendo a luz e fecho a porta do lavabo pelo lado de fora. Então, entro no quarto, puxando com cuidado o trinco atrás de mim.

Eu faltaria com a verdade se afirmasse que agi por impulso ou que me arrependi de invadir o aposento no instante em que o fiz. É que parte de mim se sente no direito de reivindicar certos esclarecimentos, embora não disponha da coragem necessária para reivindicá-los em voz alta. É possível que uma porção da minha busca por Leona, ao perder o objeto diante da notícia da sua morte, tenha se deslocado para uma progressiva curiosidade acerca da mulher que conviveu com ela e que chegou mais perto de tê-la. Meu único intuito ao entrar no quarto, portanto, é construir uma imagem palpável de Patrícia; ali talvez exista até mesmo um álbum de família, um retrato qualquer, uma fotografia três por quatro, um passaporte vencido.

As cortinas filtram a luz da rua, despejando um retângulo azulado sobre os lençóis. A manta grossa dobrada sobre a cama não combina com a temperatura amena de outubro, sugerindo que ninguém dorme ali há algum tempo. Ligo o abajur. O livro sobre a mesa de cabeceira me frustra, não comunica nada relevante acerca da identidade de Patrícia: é apenas uma coleção de retratos de Greta Garbo, o tipo de edição que costuma adornar mesas de centro e salas de espera. Nas gavetas, algumas revistas que não tenho tempo de estudar mais a fundo, uma cartela de paracetamol, uma caneta, objetos sem importância. Dentro do armário, entre algumas pilhas de blusas e calças, chama a atenção um par de botas de couro mais ou menos do meu número, com certeza grandes e elegantes demais para os pés de Leona. Depois abro a gaveta onde esperava encontrar roupas íntimas, mas em vez disso encontro apenas DVDs — *The Cure, O iluminado, Jules e Jim, Os pássaros, The wall, Asas do desejo* —, livros de medicina e dois estojos de óculos. Pego o de aspecto mais detonado e tiro dali uma armação redonda, do mesmo modelo que Leona usava.

Também faltaria com a verdade se dissesse que não hesitei ao colocar os óculos dentro do bolso interno da minha jaqueta jeans. Nunca fiz nada assim antes; quer dizer, nunca furtei nada. Mas, dessa vez, sob as leis de um universo marginal, me sinto no direito de herdar uma fração mínima do que pertenceu à mulher que amei.

112.

Quando volto ao jardim, encontro Aline teclando no celular. Recebe com satisfação a cerveja que entrego a ela e comenta algo sobre a inevitável ressaca do dia seguinte.

— Vou te contar uma coisa que eu nunca contei pra ninguém, Aline.

Se equilibrando sobre a espreguiçadeira, ela enlaça os joelhos com os braços, suprimindo qualquer indício de embriaguez com um esforço de atenção. Fico escolhendo as palavras, mas, apesar das três décadas, não se tornou mais fácil explicar de que maneira a atmosfera irreal de um ônibus intermunicipal se vincula ao suicídio de um desconhecido, à minha primeira paixão e à sua estranha ruptura. Por isso, começo a falar sobre o conteúdo do pen drive branco de Felipe.

113.

Às dez horas da manhã, acordo enjoada e com dor de cabeça. Bebo metade da garrafa d'água que coloquei ao lado da cama e desço até o buffet do café da manhã, evitando confrontar, no espelho do elevador, os cabelos ressequidos e os olhos afundados na maquiagem dormida.

Empilho no prato uma banana, um pedaço de pão, duas fatias de queijo e alguns cookies com gotas de chocolate. Devoro tudo sem respeitar a ordem tradicional que antepõe os salgados aos doces, uma lei preconizada desde o Paleolítico, a caça antes das frutas. Considerando que pretendo voltar para a cama, troco o café pelo suco de naranja aguado.

De volta ao quarto, não consigo escapar do espelho. Apesar dos sinais do cansaço e da idade — as olheiras, os vincos, os ombros um pouco mais caídos do que costumavam ser —, não estou nada mal. A centelha de loucura legitima as avarias da minha pele, assim como também autenticava o desalinho das roupas de Leona. Talvez a beleza seja mais uma questão de coerência do que de integridade.

Envio uma mensagem para Tom, perguntando se Aline ainda precisa de companhia para o show. Sete minutos mais tarde, enquanto escovo os dentes, leio na barra de notificações do celular: *preciso sim, te pego no hotel às oito e meia (Aline).*

114.

Visto a mesma jaqueta jeans da noite passada, mas, em vez das sapatilhas sujas de grama, calço os coturnos sobre a calça skinny preta. A renda também preta do sutiã aparece por baixo da regata cinza-chumbo. Passo o batom bordô. Não tenho a boca volumosa de Leona, portanto utilizo uma caneta de contorno para engrossá-la, desenhando um pouco além da linha dos lábios. Despenteio os cabelos ainda molhados, realçando as mechas repicadas. Por último, experimento os óculos de aro redondo que surrupiei na última noite. As lentes de grau distorcem minha visão, ainda assim acho que o modelo fica bem no meu rosto. É possível que o adote no futuro.

Fico esperando por algum tempo na frente do hotel até reconhecer Tom no banco do motorista de uma picape azul-marinho. Ele avisa que vai nos dar uma carona até o bar antes de seguir para uma parrilla com os amigos. Aline usa uma camiseta com o nome da banda na frente, uma calça jeans azul e uma bota de salto. Demonstra o mesmo ânimo da noite anterior, aumentando o volume nas suas músicas favoritas, abrindo a janela do carro e deixando que o vento percorra seus cabelos lisos, formando ondas acobreadas.

— Se divirtam, meninas — diz Tom, encostando o veículo junto à calçada. Seu humor parece mais leve do que na noite passada, imagino que por estarmos longe da casa, dos pertences de Patrícia, dos vestígios de Deise. — Se cuidem.

Aline dá um beijo na sua boca.

— Te amo, lindo.

— Cuida dela, Charlotte.

Passo a mão no ombro de Tom.

— Pode deixar. Obrigada pela carona.

Algumas pessoas se acumulam à entrada do pub, conversando em pequenos grupos, com copos de plástico na mão. Aline cumprimenta dois rapazes e me apresenta a eles em espanhol. Em seguida, me puxa pelo braço até a pequena bilheteira, onde compramos dois ingressos por mil pesos cada.

Dentro do bar, passamos alguns minutos tentando reconhecer os artistas emoldurados nos quadros que ornamentam as paredes de tijolos. Luzes vermelhas e azuis compõem o visual futurista do ambiente, com as cervejeiras da Budweiser dando a sensação de que todos os bares do mundo pertencem à mesma franquia. Com dois copos cheios de cerveja, vamos até o meio da pista, onde já se concentra um bom público para os parâmetros de uma banda cover.

— Essa música que tá tocando agora — diz Aline, apontando para as caixas de som. — Sabe o que é?

— É Beach Boys — eu digo, ensaiando uma dança sem muito jeito.

Aline saúda minha resposta, suspendendo o copo de plástico, que espirra um pouco de cerveja no piso quadriculado.

— Essa banda que vai tocar aqui ganhou um festival de melhor banda cover. Eles são muito bons.

Faço que sim com a cabeça, embora duvide que a cópia argentina de uma banda inglesa ruim possa ser boa. Decido esconder minhas impressões sobre o rock dos Arctic Monkeys até o fim da noite, desfrutando da companhia de Aline e da tribo heterogênea do pub.

Enquanto minha parceira de show digita mensagens no celular, fico pensando se Leona algum dia conseguiu atravessar essa ponte intergeracional ou se permaneceu estagnada nos seus discos do passado. Os ídolos dela, assim como os meus, morreram de câncer, overdose e melancolia; na melhor das hipóteses, ficaram obesos e continuaram cantando com as vozes cada vez mais frouxas versões irreconhecíveis dos antigos hinos.

Enfim sobem no palco os Monos Andinos, como anuncia o vocalista, distribuindo alguns risos pela plateia. A versão portenha não chega a ter um nome mais ridículo do que a banda original, mas, em inglês, estamos habituados a tolerar junções tão ruins quanto Macacos do Ártico, Armas e Rosas ou As Portas. Há uma garota na formação; com a guitarra vermelha pendurada no ombro, é ela quem toma a frente no palco, sacudindo os cabelos platinados a cada investida da palheta. Um devaneio involuntário se introjeta aos meus pensamentos, eu e a jovem guitarrista nos beijando num canto escuro do pub, espremidas contra as paredes de tijolos.

A música continua péssima, o vocalista soa como um adolescente tímido que, por algum motivo, foi coagido a cantar diante de um monte de gente, mas é divertido estar ali, ver a empolgação da plateia entoando as letras, acompanhar o fluxo de sons, corpos e movimentos noturnos. Desvio de um casal bêbado que quase desaba sobre nós e, alguns metros adiante, reparo numa mulher incomum com um copo de cerveja na mão. Está na última faixa etária dos frequentadores do pub — ou seja, no mesmo espectro que eu. Tenho a impressão de que me olha. Na verdade, tenho certeza de que me olha. De costas para o palco, ela abre espaço entre corpos dançantes e vem andando na minha direção. O nariz arrebitado, as maçãs proeminentes e os maxilares bem definidos criam uma fisionomia vagamente familiar. Destoando de todas as pessoas do ambiente, ela usa um blazer social com um caimento reto e ombreiras, calça de alfaiataria preta e, como peça mais despojada, uma blusa lisa e branca. Do lado dela, eu pareço uma velha nostálgica que nunca amadureceu o bastante para encontrar um rumo na vida, precisando circular por aí dentro da mesma indumentária alternativa com que tentei me afirmar durante a longínqua juventude. Alguns passos antes de chegar até mim, ela desvia o rosto. Três pequenas rugas se formam de cada lado da boca quando sorri, abraçando Aline.

— Charlotte, essa é a Belén que te falei. Simplesmente a chefe do setor de imunologia do hospital, uma das maiores pesquisadoras da área e a pessoa mais brilhante que eu já conheci. Além de uma grande roqueira.

Aline faz o sinal de chifre com as mãos, o gesto comum a todas as tribos do rock — embora os bons garotos que compõem os Macacos do Ártico não permitam nenhuma alusão satânica. Belén conserva o sorriso, as três pequenas aspas nos cantos dos lábios. Mantém os olhos verdes em mim enquanto passa a mão na cabeça de Aline, como se ela não soubesse muito bem o que está dizendo.

— Gracias, pero no exageres. — Belén aperta minha mão entre as suas. — Mucho gusto. Prazer!

A plateia aplaude o último acorde de uma música que me parece igual a todas as anteriores. Aline coloca as mãos em concha na boca e grita com toda força o nome do baterista, Nico, que brande a baqueta no ar, um guerreiro medieval com sua espada. Belén ergue a sobrancelha para mim e começa a aplaudir também. Misturando português e espanhol, me pergunta alguma coisa. Peço que repita. Ela se aproxima do meu ouvido: quer saber se eu também sou uma grande fã de Arctic Monkeys. Penso em dizer que sim, mas logo percebo que, se fizer isso, precisarei passar a próxima hora dublando músicas que não conheço para sustentar a mentira. Respondo um singelo no, o que a faz rir.

— ¿No te gusta?

Digo, com toda sinceridade, que não entendo como Aline pode considerar essa a melhor banda de rock do momento.

— E tu, é fã dos... como é mesmo o nome? — pergunto.
— Los Arctic Monkeys.

Aline nos avisa que vai comprar outra cerveja. Finjo não perceber o olhar insinuante que dirige a Belén antes de desaparecer em meio à plateia. Compreendo que minha parceira de show não voltará tão cedo.

— También no entiendo — me diz Belén, levantando os ombros. — Soy de otro tiempo.

Trocamos um sorriso cúmplice e aos poucos vamos incorporando o ritmo da música, duas mulheres anacrônicas dançando uma ao lado da outra na pista. Belén vira o rosto para mim. Ela parece mesmo a Jodie Foster e eu ainda não sei se gosto disso.

Copyright © 2024 Gabriela Richinitti

CONSELHO EDITORIAL
Eduardo Krause, Gustavo Faraon, Nicolle Garcia Ortiz, Rodrigo Rosp e Samla Borges
PREPARAÇÃO
Davi Boaventura e Samla Borges
REVISÃO
Evelyn Sartori e Rodrigo Rosp
CAPA E PROJETO GRÁFICO
Luísa Zardo
FOTO DA AUTORA
Davi Boaventura

DADOS INTERNACIONAIS DE
CATALOGAÇÃO NA PUBLICAÇÃO (CIP)

R531g Richinitti, Gabriela.
Gaiola de esperar tempestades / Gabriela Richinitti
— Porto Alegre : Dublinense, 2024.
240 p. ; 19 cm.

ISBN: 978-65-5553-137-4

1. Literatura Brasileira. 2. Romance
Brasileiro. I. Titulo.

CDD 869.937 • CDU 869.0(81)-31

Catalogação na fonte:
Eunice Passos Flores Schwaste (CRB 10/2276)

Todos os direitos desta edição
reservados à Editora Dublinense Ltda.
Porto Alegre • RS
contato@dublinense.com.br

Descubra a sua próxima
leitura na nossa loja online

dublinense.COM.BR

Composto em DOLLY e impresso na ELYON,
em PÓLEN NATURAL 70g/m² , na PRIMAVERA de 2024.